自己的房子

[英] 德博拉·利维——著
付裕——译

CS 湖南文艺出版社
HUNAN LITERATURE AND ART PUBLISHING HOUSE

我立于这片女性风景前

如火中的一根树枝。

——保罗·艾吕雅《狂喜》

目 录

1 伦敦

LONDON

2018 年 1 月的冬日，我在肖迪奇大街火车站外的花摊上买了一棵小香蕉树。它招展的宽大绿叶，还有那等待伸向世界的蜷曲新叶引诱着我。卖香蕉树的女人戴着长长的假睫毛，蓝黑，性感。在我的想象中，她的睫毛从东伦敦的贝果店与灰色鹅卵石步道，一直延伸到新墨西哥州的沙漠与山丘。摊位上盛放的冬日娇花让我联想到画家乔治亚·欧姬芙[1]和她笔下的花朵。仿佛欧姬芙正将花儿一朵朵介绍给我们，在她手中，它们变得别致、性感、奇异，在她灼灼的审视下屏住了呼吸。

---

1 Georgia O'Keeffe（1887—1986），美国艺术家，以半抽象半写实的手法闻名，绘画主题多为花朵微观、岩石肌理、动物骨头，以及荒凉的美国内陆景观。

当你手拈一朵花，认真看着它，那一刻，花便是你的世界。我想将那个世界带给其他人。

——乔治亚·欧姬芙

《纽约邮报》，1946年5月16日

她在新墨西哥州找到了自己最后的居所，在那里她能按照自己的节奏生活和工作。她坚持认为，这间居所是她必须拥有的东西。她花费了数年修缮这栋沙漠中的低矮土坯房，才终于搬了进去。不久前，我到新墨西哥州的圣达菲旅行，部分原因就是想看看欧姬芙的住所。我记得，我抵达阿尔伯克基机场时，一阵晕眩向我袭来。司机告诉我，这是因为这个地方海拔一千八百米。我下榻旅店的餐厅——由一个印第安家庭经营——有一个高大的、嵌入式的土坯壁炉，形似鸵鸟蛋。我从没见过这种蛋形的壁炉。时值10月，外面下着雪，我拉来一把椅子坐在烧得发红的木柴前，小口啜饮一杯带着烟熏味的纯梅斯卡尔酒[1]，显然这酒对缓解高原反应有好处。蛋形的壁炉让我感觉安逸、平静，它把我拉入炉心的火焰之中。是的，我爱这颗燃烧的蛋。这座壁炉就是我必须拥有的东西。

我同样在寻找一间居所，一个让我可以按照自己的节奏生活和工作的小王国，但就算是在我的想象中，这个家的模样仍是模糊不清的，不真实，或者说不现实，缺乏现实性。我渴望拥有一幢富丽的老宅（现在我已经把蛋形壁炉加进了房屋的设计里），花园里还要有一棵石榴树。老宅有喷泉和水井、绝美的环形楼梯、马赛克地砖，以及所有前任屋主的日常生活痕迹。也就是说，这幢房子是鲜活的，曾有过大段的美好时光。这是一幢充满爱的房子。

我热切渴望拥有这样一个家，不过我还没想好具体

---

1 一种龙舌兰酒，因在制作过程中会烘烤龙舌兰的菠萝心，所以带有独特的烟熏味。

把家安在什么地方，也不清楚如何用我那不稳定的收入买下如此奢华的住宅。尽管如此，我还是把它加入到了我幻想中的房地产投资组合里。组合里还有一些小型不动产，带石榴树的房子是我的主要置产。这么说来，我还真拥有了一些“空中楼阁”[1]呢。可是很奇怪，每当我试想自己置身于这幢富丽的老宅时，我都感到悲伤。仿佛寻找自己的房子是意义所在，如果我拥有了它，追寻也就结束了，就再也没有更多树枝可投入火中。

与此同时，我得乘公交、搭火车，把新买的香蕉树从肖迪奇搬回山上我那摇摇欲坠的公寓楼中。树种在花盆里，大概三十厘米高。戴着长长的性感假睫毛的花摊摊主告诉我，她感觉这棵树想生活在更湿热的地方。今年冬天的英国一直很寒冷，我们都说连我们自己也渴望更湿热的生活。

---

1 “空中楼阁”的英文原文为 unreal estate，而不动产的英文为 real estate，即本书标题，real 做形容词意为“真实的”，作者在此处玩了一个文字游戏。

坐在开往海布里和伊斯灵顿的火车上时，我给我的“空中楼阁”又添了些细节。尽管有蛋形壁炉，但我的家屋必然坐落在热带，靠近湖或海。不能每天游泳的生活不是我想要的生活。尽管我不愿向自己承认，但有海有湖比有房子更重要。其实，能在海边或湖边住上简陋的小木屋我就满足了；不过，不知怎的，我又为自己的梦想不够大胆而有些瞧不起自己。

有了房子似乎并不等于有了家。每当有关家的问题催逼太紧，我都会将它驱逐出脑海。和我同住在种有石榴树的富丽老宅里的另一个人是谁？难道只有忧郁的喷泉与我做伴吗？不会的。必定有人陪着我，或许那人还会在凉爽的喷泉里浸一浸脚。那人是谁呢？

一个幽灵。

我计划让香蕉树加入我的“浴室花园”——其实就是三个架子。我知道多肉就很享受北伦敦的流离生活，那么香蕉树一定也会在浴室的温暖蒸汽里怡然自得。搬来七年了，我的公寓楼依然没有整修好，灰色的公共走廊变得更加破烂不堪。就如爱一样，它们亟待修复。香蕉树并不在意楼况。要说它有什么反应，它似乎在为搬进新家而欣喜，洋洋自得地展开了它那脉络清晰的宽大叶片。

我的女儿们很好奇，我为何如此关注这株植物。她们俩一致认为，因为我的小女儿很快就要离家上大学了，所以我才对那棵树如此痴迷。小女儿（十八岁）告诉我，那棵树是我的第三个孩子。它的任务是在她离家后取而代之。小树生长的那几个月，她时常会问“你的新孩子最近如何啊？”，然后指指小树。

我很快就要独自生活了。与她父亲分开后，我就过上了另一种生活；而现在五十九岁的我，似乎很快要再次开启一段新的旅程。我不愿多想这件事，于是我开始打包东西，准备带去我的新写作间。

2 写作间

THE WRITING SHED

这里简直是建立在棕榈、蕨草和高大竹林中的绿洲。我无法相信自己的眼睛，或说运气。我的写作间建在木板平台上，环绕它的花园就像一片热带雨林。真的，我应该把我的香蕉树赠予这座花园，但正如我的两个女儿所说，它已经成了我们家的一部分。小屋真正的主人给了我花园边门的钥匙，这样一来，我就不必打扰住在主宅里的他了。我抵达的那天，他在小屋里放了一束风信子。风信子浓郁的香气既令我难以招架，也让我感受到了热烈的欢迎。甚至可以说，它香得有些“暴烈”。我打开行李，拿出三只带银杯把的俄国玻璃杯——用来喝咖啡，一把法压壶，一罐咖啡（百分百阿拉比卡豆），两只橙子，一瓶波尔图产的红宝石波特酒（圣诞节剩下的），两瓶气泡水，意大利产的杏仁饼干，三把茶匙，笔记本电脑和两本书。当然，还有一副插线板，这次带的是四孔位的。小屋的主人是新西兰人，他怀着才华、想象力，甚至怀乡之情，打造了这个环绕小屋的花园。我认为他在伦敦西北八区打造了一个小新西兰。也就是说，他故乡的幽灵之所以盘桓在伦敦的这处花园之上，是因为新西兰仍然让他魂牵梦萦。

在奥地利的一个文学节上，我遇见了一位罗马尼亚作家，她于 1987 年流亡到了瑞士，在苏黎世的一条街上租了间房，那里很像她在布加勒斯特[1]生活过的街道。她还把苏黎世的房间布置得跟她在布加勒斯特的房间大体一样。她提醒我，我二十九岁时写了一本名叫《吞下地理》的系列短篇集。其实我并没忘记自己写过这么一

1 Bucharest，罗马尼亚首都。

本书，但这书能让她耳目一新，这让我很高兴。她对我说，她曾把以下女性叙述者的旁白钉在她床边的墙上：

> 每一段新的旅程都是在哀悼遗失的过往。流浪者有时会试图在新的地方再造从前。

此刻，我似乎就是在忙着将这里还原成我从前写作间的模样。

我解开插线板的电线，煮了一壶咖啡，然后举起装着咖啡的玻璃杯，向那位布加勒斯特作家致意。“你还好吗？”我在心里问候，“希望你一切都好。”在奥地利，我们曾为当时发生的一件事大笑不止。她告诉我有位观众举手表示想进一步了解她出生的国家。她出生的地方曾受高压政权统治。她一直在等待有人问出这样一个宏大的问题——当自由遭到破坏，作家该如何进行文字创作？又或者说，她是如何奋力去铭记、去遗忘那段经历，让自己再次振作起来的？她害怕自己答不上来。

“请问那里的自来水能喝吗？”这位观众想知道。对此，我和她都接茬说：“请问能告诉我无线网密码吗？还有，这里有蚊子吗？”

这个写作间很接近我想要的生活，即使它只是个临时落脚点。这不是我的房产，我并不拥有它，只是租住，但我拥有这里的氛围。就连在西北八区啁啾的英国鸟儿似乎都是热带品种。我还没彻底搬出原来的写作间，但西莉亚（我的原房东）早已将房子挂牌出售，我明白自己得另做打算了。

新写作间靠近艾比路，我的小说《见证一切的男人》就以此地为背景。我在艾比路徘徊，艾比路也在我脑海中萦绕不去。“家就是让你魂牵梦萦的地方。”已故的伟大评论作家马克·费希尔如此写道，对我而言也的确如此。在某种意义上，我仍是老写作间的幽灵房客，因为我的许多书籍仍滞留在那里的书架上。我的台式电脑还放在那里的书桌上，如今上面盖了一块白布。我买来过冬用的普罗旺斯加热器，小蜘蛛在上面安家落户，编织出大型的几何图案。

与此同时，一个幽灵也正潜藏在我的新写作间里，在我带来的其中一本书的第一页上。书页上有一句题词，是我孩子的父亲在1999年写下的，当时我还没有离婚，仍住在我们的家里。

> 在本世纪最后一个圣诞节，献给我亲密的爱人，爱你一千年

我感受到一阵冲击，不得不放下书，让风信子的香气如吗啡一般麻醉我，让我捱过此刻。随后我再次拿起书，盯着题词。我在想那个女幽灵是谁，是谁在二十年前，收到了这本题有情话的书。

我尝试与她（也就是年轻的我）建立连接，尝试回忆收到礼物时她的反应。我不想把她看得太清楚，但我

的确在试着朝她挥手。我知道她不想见我（是你啊，年近六十，孤身一人），而我也不想见她（是你啊，四十岁了，收敛锋芒，努力维持家庭圆满）。但她和我仍跨越时空，彼此纠缠。

你好。你好。你好啊。

年轻的我（热烈，悲伤）知道我不会评判她。自我收到礼物的那一刻起，在将我们分隔开来的这二十年里，我们两人都有所失，也有所得。我不时就会想起我们一家人生活过的房子。那里面满是我苦涩的回忆，虽然我试图在脑海里改变其中的气氛，想一想那幢房子的好，但房子可不会满足我的愿望，它无法炮制出全新的回忆。比起那幢老房子，山上摇摇欲坠的公寓楼要简朴得多，但气氛积极、平静、温和、充满希望，而非令人绝望。

*

我又看了一眼题词。

在本世纪最后一个圣诞节，献给我亲密的爱人……

诡异的是，这书（作者是一位著名的男作家）讲的就是一个男人抛弃家庭，开始了和各种女人纠缠的新生活。其中一个女人如此爱慕他，甚至愿意伸手帮他擤鼻涕。她把他当作自己的人生意义，至于她如何理解“意义”，我们无从得知。他们频繁做爱，但我们根本不知道她是否如他那般乐在其中。如果说这位作者笔下的女性人物有任何感受或思想，那也全都是关于他的。

有可能是我提出要这本书的，由此可见，或许我也曾对这种种**视而不见**，抑或是想在书中找寻问题的答案。我终究还是把它带去了新写作间。是的，这么多年过去了，我仍在探索塑造人物的方法，尤其是女性人物。毕竟，更自由地去思考、去感受、去活、去爱，这才是生活的关键。正因如此，塑造一个完全没有个人生活的女性角色还真是一项有趣的工作呢。这本书讲述的就是一个女人将自己的生活献给了一个男人，这种桥段不该在家中上演，但它却时常发生在家中。

丝毫不赋予女性角色自我意识，甚至连她无意识的生活都要剥夺，就好像这是世间再正常不过的事——一个作家到底该如何才能完成这项艰巨的任务？或许，在他的世界里，这就是正常的？不过，塑造任何一类虚构角色都需要投入大量精力。作家兼电影导演瑟琳·席安玛注意到，所谓赋予一名女性角色以主体性，就是将欲望归还于她。我突然想到，他那个年代的作家可能根本无从想象，如何才能创造一个不只是他自身欲望投射的女性角色。在某种意义上，他故事里的她是一个消失了的女性角色，而消失不见的正是她自身的欲望。正因此，这位作家的书于我是有用的。这本书意识方面的匮乏，就是我在自己的生活和工作中曾试图去拆除的房子。房地产确实是门棘手的生意。我们租赁、买卖、继承房子，但我们也会推倒、拆除它。

此时，埃莱娜·费兰特的小说《失踪的孩子》的结局让我无法释怀——年近七十的莉拉消失得无影无踪。从女孩到女人，莉拉和莱农的人生一直紧紧交缠，然而最后，她们却因莉拉的失踪而分离。“我爱莉拉，”莱农写道，“我希望她一直存在，但我也希望支撑她存在的人是我。”小说最后，莉拉成了一个消失的女性角色。

坐在新写作间窗边的椅子上，我问自己，我为什么对消失了的女性角色如此感兴趣？或许我所指的，并非肉身消失的女人（如莉拉），而是欲望消失的女人？

那么，那些随己所欲，随后却被打倒、人生被改写的女人呢？这些在叙事中被削弱力量、减损权力的女人呢？或许我所找寻的伟大女神，因男权统治对其人生的改写，已陷入迷失，进而消失了？

我想到了在十字路口手持火炬和楔子的赫卡忒，只一眼便能置人于死地的蛇发美杜莎，有猎犬和鹿陪伴在侧的阿尔忒弥斯，乘坐鸽子拉的彩车飞向奥林匹斯山的阿佛洛狄忒，化身母马隐藏自己的德墨忒尔，还有猫头鹰立于其肩头的雅典娜。只要在世界任意一个城市的人行道上，看到神态古怪、间或精神脆弱的年长女性在喂鸽子，我就会想，没错，那就是她，她就是其中一位被打倒的女神，是生活让她发了疯。

难道，女神是男权社会的不动产吗？

女性是男权社会的不动产吗？

还有那些被迫出卖身体给男性的女性呢？

在性交易中，谁拥有地契？

在文学活动现场，大多数与我同龄且已婚的异性恋男作家都由他们的妻子照料。在一次书展上，一位男作家告诉我，如果他在婚姻中不过分越界，那么火炉边总会有一双舒适、温暖的拖鞋为他准备着。谢天谢地，当时他的妻子想法子逃去太平梯上抽烟了。

与她聊天让我神清气爽，比我在文学节上参加的活动都要有趣。若她能上台聊聊脆弱的暴君、肉体出轨如何改变了爱情，以及她曾梦见自己的胸是玻璃做的这些事，在场的观众肯定会听得饶有兴味。

蛋形壁炉边，是否也会为我备着一双舒适温暖的拖鞋（粉色，毛茸茸的）？除非我变成好莱坞经典电影中的女性角色，花钱雇管家把拖鞋放在那儿。“亲爱的[1]克里莫夫斯基，”我会说，“我认为明天早上，我得了关节炎的两处手肘需要用山金车花油来按摩。”好的，夫人。我的管家会是一个有许多个人欲望的角色，毕竟，写剧本的人是我。我可以看到他/她戴着蜜蜂形状的胸针，靠在我房子暗粉色的灰泥墙上。您的汤已备好。我已喂过您的狼群，并为您备好了烟斗，装的烟叶是您中意的那个牌子。哦，对了，夫人（我的管家中午吃了不少树

1 原文为 Mx，是一个中性称谓，或对跨性别者的尊称。

莓，嘴唇都染了色），我注意到您正在思考不动产——Real Estate。Real 源于拉丁语 Rex，意为“皇家”，在西班牙语里，Real 也有“君主”之义，因为在过去，君主拥有其王国内的全部土地。在拉康看来，真，即一切不可言说之物，与现实无关。在我伴着拉娜·德雷[1]的歌沐浴之前，您还有什么吩咐吗？

“是的，亲爱的克里莫夫斯基，”我会回答，“如果你能好心地为我盛一碟土耳其软糖，那就好极了——玫瑰味和柑橘味的就很不错。”我们没有软糖了，夫人。请容我说一句，如果想吃糖，你他妈可以自己去拿。

管家就此退下，径自去喝杯金酒，做做白日梦，也想想现实问题，比如怎样赚到更多钱，买一套自己的房子。与此同时，我会在蛋形壁炉旁读萨福和波德莱尔的诗，而爱的幽灵则在一旁温柔地剥橙子。

若要我列举房子的最大优点，我会说：房子庇护白

1 Lana Del Rey，美国女歌手，1985 年生于美国纽约。

日梦，它保护梦想家，让人能安心做梦。

——加斯东·巴什拉《空间的诗学》(1964)

我开始感到好奇：我，以及所有欲望缺失的女性，还有所有人生被改写的女性（比如女神），走到生命尽头时，我们的房地产投资组合里都有些什么呢？我所指的女性也包括我幻想中的管家，他/她此刻正听着拉娜·德雷的歌沐浴（水里洒了些玫瑰和天竺葵精油）。我们看重的是什么（尽管在社会意义上或许并无价值）？我们拥有什么，舍弃了什么，以及给后世留下了什么？万一，如艰苦奋斗的伟大女神一般，我们因太过强大，而被男权社会的父辈兄长所忌惮，那么在一周之始的周一，我们如何彰显自己被抑制的力量和潜能？说真的，如果剧本从头至尾都由我来书写，那我希望自己笔下的女性角色看重什么、拥有什么、舍弃什么，以及留下什么？我也许会承袭简·奥斯汀的精神，不过，对婚姻的期望绝非问题的答案。

我并非没有注意到好些与我同龄的中产阶级已经付清了房贷，而且除了在英国拥有房产外，他们至少还有一处在异国他乡的房产。我去参加晚宴，总会听见有人说明天他们就要前往位于法国或意大利的豪宅，或者（这是最让我难过的），他们要去往英国乡下，在为自己量身打造的现代主义风格的迷人小楼里写作。而我，则要回到凄凉的“爱之廊”，那里依然一副破败相。不过，近来有了些小小改善。现在，我所拥有的不是一辆电动自行车，而是一支电动自行车队。如此一来，就我所见，我很像我认识的一个摇滚明星，他有一支飞机舰队。是的，我有一辆电动自行车，就锁在树下，车库里还有两辆。有朋自世界各地而来，我们一同骑行环游伦敦。我由此向我渴望的生活致意——拥有一个由朋友及其小孩组成的大家族，要大家族，不要小家庭，在人生的这个阶段，这似乎是一种更幸福的生活方式。我想让我的每个朋友都有一间客房，但我的公寓可办不到。我想让每个房间都有一处壁炉，可现实是我的公寓没有壁炉。那么，生活处处是匮乏，我又该如何是好？

*

我注视着新写作间外的巨大花园。既然我没有置产——我也负担不起，或许我可以送给我小屋的房东一个泳池，就建在他的土地上。那样我就既能写作，又能游泳，我理想的生活也就实现了。这个泳池并不属于我，但只要我们的友谊长存，我就能一直使用它。我的女儿们一年四季都能在里面游泳。她们的母亲多么慷慨啊。房东收到了来自作家朋友的一份多么美妙的礼物啊。

蜻蜓在空中飞舞，我们在水中嬉戏；我还要在泳池边种上野薄荷。我在谷歌上搜索造价，偶然看到一个关于生态泳池的网站。一个小时过去了。生态泳池很贵。我突然想到我的房东可能并不想让我在他的花园里动土。我只得暂时放下我想象中的铁锹，继续干活儿了。

*

我带去新写作间的第二本书，是一本文集，文章由各色精神分析学家、学者和艺术家所写，讨论我最喜爱的电影导演之一——佩德罗·阿莫多瓦[1]。

在其中一章里，阿莫多瓦阐述了“你就像头没戴铃铛的母牛”在西语中的含义。他解释道：“成为一头没戴铃铛的母牛，意即你若迷路了，却没有人会留意到。”我觉得自己就有点儿像没戴铃铛的母牛，但我没有迷路。牛可能根本就不想戴铃铛，因为它们需要逃离牧场，远离被屠宰的威胁。我在印度阿莫达巴德街头散步时，碰到了一群闲庭信步的神牛，它们深深吸引了我。我喜欢轻拍它们的背，看着牛皮上的尘土扬起。

在印度教传统中，母牛是神圣的动物。母牛以乳汁哺育生命，它也因此受到了崇敬，被奉上神坛。

---

1 Pedro Almodóvar（1949— ），西班牙导演，代表作有《关于我母亲的一切》《痛苦与荣耀》等。

3 纽约

NEW YORK

2018 年 5 月末，我在纽约曼哈顿西区，帮忙清理我故去的美国继母的公寓。

我最好的男性友人当时恰好在纽约，他主动提出要帮忙。我们得看看哪里有旧货商店，然后上街招一辆黄色出租车，请司机将十六个塞满衣服的大包拉到西七十九街。打包他人的人生（我的继母是位杰出学者）让我开始思考：我是否应该撕毁我早年的日记，扔掉数十年来我收藏的所有书信？看到我继母的衬衫、围巾和裤子整齐地叠放在抽屉里，我不禁悲从中来。我答应清理她的衣柜，这样我年迈的父亲就不用亲身经历整理遗物的痛苦。她的死让他心碎不已。他从开普敦（她过世的地方）打来电话告知我她的死讯，那是我有生以来第一次听见他哭。

她有两只玻璃罐，其中装满了她从各种衣服上取下的纽扣，她把它们存起来，以便缝到其他衣服上。这些纽扣是我唯一留下的纪念物。其中三枚是白马的形状，它们的鬃毛还在风中飞扬。

在我目前拥有的不动产投资组合里，我在一栋摇摇欲坠的公寓楼里有一套房，还有三辆电动自行车和三匹来自阿富汗的游乐场木马。这三匹手绘木马是我的孩子还年幼时，我在伦敦一家地处荒凉街区的商店里买的，店里塞满了地毯和灯具，满是灰尘。木马的大小刚好适合学步的幼儿。一个朋友告诉我，它们是“古董”，可能是二十世纪三十年代的，但购买的时候我并不知道。古董就意味着老旧的死物，或许还有些阴森，但它们是如此栩栩如生，我不由自主地被吸引了。不知怎的，它们在我眼里象征着自由和美；每一只雕刻而成的小兽都有着属于自己的桀骜。它们高约六十厘米（两白一黑），如今立于山顶摇摇欲坠的公寓楼里狭长的阳台上。有时我会在它们机警的木制双耳间放上一颗亟待催熟的牛油果。圣诞节时，我和我的女儿们会把用冬青和槲寄生编织的花环戴在它们头上。每个人都很乐意亲吻木马（毕竟在槲寄生下接吻也是一种习俗），但对它们又略感敬畏。可我觉得这才是对的，毕竟它们也不是让人亲亲抱抱的玩偶。有一个男人会把他的摩托车停在公寓后院的停车场——我的电动自行车旁。他告诉我，每次他抬头看见我阳台上的木马，他都觉得它们是我的守护马。

一个我认识的女人想买我的木马，她非常富有，工作从来干不长。只有一次我差点儿松口答应了，但最终，我还是无法舍弃那些马。让我大为惊奇的是，它们竟真的有投资价值。看来，到目前为止，我的自由之马仍是我资产中重要的组成部分。

这个女人告诉我，每当有职场妈妈问她“你是做什么的?”，她都不知该如何回答。我建议她回答：“我是女继承人。”这或许就能终结让她尴尬无比的对话。结果这个办法真的奏效了。做继承人确实是她的主要工作。这么多钱和房产都需要她来打理。她实打实的不动产数量之多，就如我所拥有的如此之少。她在巴黎、维也纳、帕克索斯岛、苏格兰、西班牙和伦敦都有房子。她的主要精力集中在不动产维护、烹饪素食，以及照料她的三只狗和位于西班牙的大片橄榄园上。我觉得她在各种意义上都是个让人惊叹的女人。至少在冬天，她戴无檐小便帽，而非在缎带中插一根雉鸡毛的绿毡帽。她简直像位活菩萨，真金白银在手，但品位朴素。有时我和她见面，她会拿出存在口袋里的几颗甜美的杏子和我分享。有时是一把杏仁，有时她还会带一块意大利本地的硬奶酪给我尝尝——她本人可是严格的素食主义者。她会用她手袋里的小刀把奶酪切成片，然后神奇地变出几颗紫色无花果，她说这种奶酪搭配无花果刚刚好。就像我和这位女继承人相处时，一切也都刚刚好。显然，她那位来自那不勒斯的丈夫不是素食者，而且知道如何制作马苏里拉奶酪——将三股奶味浓郁的奶酪编在一起，留待宴席享用。她解释说，制作马苏里拉奶酪的过程叫“拉丝凝乳”[1]，而且最好选水牛奶。这让我思考水牛是否也像印度圣洁的母牛一样，受到崇敬，被奉上神坛，但我更愿意想象它们在沼泽、河流与池塘里撒欢的样子。

我没和她分享我日常生活中的问题，也没告诉她我梦想拥有一幢花园里种着石榴树的富丽老宅。她毕竟是女继承人。我的人生和生活与她的相去甚远，但我欣赏她能聪明且不失幽默地处理自己纷乱的家庭问题。

*

每年圣诞节，我都会从女继承人那里购买橄榄油，

1 原文为 pasta filata，在热水中对新鲜凝乳进行塑化、揉捏，从而使干酪具有纤维状结构。

送给朋友。这种油产自她在安达卢西亚的农场，可谓生活的“良药”，色绿，味辛，入口惊艳。她告诉我，这是“初榨橄榄油”，每周五，她都用这种橄榄油梳头。每颗橄榄只能榨出一两滴油，所以想想吧，她说，多少橄榄才能榨出一公斤油。有时，我会在一块酸绿西红柿上撒点儿海盐，然后蘸一蘸这种辛辣风味的翠绿色橄榄油。仿佛如此一来，我也拥有了触手可及的美好。

我很喜欢这位女继承人，也并没那么嫉妒她拥有的不动产。说实话，这种不甚嫉妒着实出乎我的意料（考虑到她众多别墅中的任意一幢都和我的理想家园十分接近）。某种意义上，她有如此多的房子，却无家可归。她似乎每个月都要在各个国家的房产之间穿梭。她每次给我打来电话，我的手机上显示的都是不同的区号。虽然我的公寓小而简朴，但它就是我的家，我们的家，我们在这片天空下的栖木。不过我确实需要修炼一下佛法禅心才能忍耐这灰色的公共走廊。最近，房东们用蓝色胶带遮住了电梯外老旧地毯上的磨损和开裂处。就为这一个维修项目，他们送来了巨额服务费账单。尽管如此，我看着窗外的天空，明白事物总在变化，黑夜总会逝去，这依然给了我宽慰和勇气。

与此同时，我正在纽约一边清理继母的公寓（比我的公寓时髦多了），一边努力杜绝自我消耗。遇见我父亲之前，她的人生是怎样的？我其实一无所知。现在，我正收拾着她的浴帽、开襟毛衣、贝雷帽、睡衣、雨伞，以及装着化妆品和卷发棒的各式盒子。在某种意义上，我正在进一步了解她，这真是又伤感又古怪。我生母过世的时候，是我弟弟扛起了这个重担。现在我才意识到，多亏他，当时的我才不用承受这项可怕的任务带来的折磨。我觉得他比任何人都更了解我，因为我有一次恰巧听到一个女人问他为什么他的姐姐（我）喜欢在小棚屋里工作，他回答道："我觉得她喜欢在自然野生的空间里写作。"

我为母亲的身后事所做的贡献，就是去市政厅登记这起让人震惊不已的死亡，以及从殡仪馆取回她的骨灰。死亡登记是最糟糕的部分，因为轮到我去给各式各样的文件签字的时候，办事员会大声喊出我母亲的名字，仿佛她还活着。结果就是，甚至还没走进登记办公室，我已泪流满面。或许正因如此，我弟弟觉得他独自整理母亲的遗物可能会更轻松。他提议让我从她的书架上那许多书里挑选一些拿走。我把书拿回了家，书页泛黄，落满灰尘，不仅脏，还黏糊糊的，更糟糕的是，一些句子下有画线，空白处还写有她的点评。她正通过这些已趋朽坏的书向我诉说着她的亡人之语，我又如何能将它们弃之不顾？

在纽约的第三天，我在电梯里碰到了一个牵着金色拉布拉多的壮汉。他告诉我，他的狗小金（这也是我阿姨的名字）的尾巴曾经被电梯门夹住。他说当时他立即惊声尖叫，他的狗也在哀嚎（听的时候我一直在祈祷这个故事能有个圆满的结局），但是不一会儿，电梯就停在了五楼（一共二十一层楼），没错，一切化险为夷。小金的尾巴自由了，没有受伤。我看了看，小金的尾巴看着有些凄惨，仿佛经历了什么重创。

电梯里除了我俩，还有一个年轻女人，她拿着两杯星巴克的外带冰咖啡。咖啡顶是一圈圈奶油和巧克力碎。她对我们说她很期待血糖飙升。其实，她说，她真正期待的是热血沸腾。我把这件事告诉了我的男性友人，他说他也想做一个热血沸腾的人。他说，成为一个时常热血沸腾的人，确实是不错的人生追求。

还是那一天，整理公寓（灰尘落在我的睫毛上）休息的间隙，我看到一个非裔美国女人在曼哈顿的人行道上遛猫。那是一只银色长毛猫，戴着银色领结。女人穿着露脐上衣，上衣胸口处密密排列着墨水涂染的眼睛图案，脚上是奶油色的厚底鞋，鞋尖画着漩涡。她的猫和鞋，以及T恤上画的眼睛都让我感觉，她就拥有沸腾的热血。

我做了一件引人侧目的事：拖着一位杰出女性穿过的一堆鞋子去了旧货商店，其中还有一双全新的运动鞋，包着纸躺在鞋盒里。为了平复心情，我走去了中央公园。天气突然变暖，而且我时差反应严重，真觉得自己快昏倒了。我找到一处靠近公园入口的树荫，直接瘫卧在草地上，平躺着，透过树叶仰望一望无际的美国天空。我看到树枝上挂着什么东西，那是一把钥匙，一把系着红丝带的钥匙，有人把它挂在树上，但忘了拿走。一开始，我为那个忘记拿走钥匙的人感到难过。然后，我又在想，他 / 她是不是故意把它留下的，因为他 / 她再也不会回到这把钥匙能开启的地方。又或者，他 / 她想为人生的某一章画上句点，于是将钥匙留下，以示决心。钥匙，总是意味着秘密，带有神秘色彩。它们是进入与离开、打开与关闭、上锁与解锁各形各色向往与厌弃之地的工具。

我一生花了许多时间趴在房地产公司的窗户外向内

凝望，脸压在窗户上，寻找专属于我的领地，身边是其他逐梦者的幽灵，他们也追寻着自己无法负担的梦想家园。尽管如此，我依然相信有一天待我有所长进时，我会为自己挣得一把钥匙，一把能打开属于我的房子的钥匙，房子坐落在地中海，有忍冬和阳台。与此同时，我的脑海里有个刻薄的声音一直低声说着："这不是真的，你永远不会有自己的房子。"

*

没错，我花了很长时间试图过上更中产的生活。但不知怎的，这个理想似乎总是遥不可及。我有些同事真正过上了富足的中产生活，却总在努力显得不那么中产，与之相反，我却格外渴望成为他们的邻居。

Bonjour[1]，这里的空气可真清新啊！看看我们的乡间小屋，还有上面盘根错节的粉色藤本月季。看看我们引

---

1 法语，意为"早安"。

来天然泉水造出的湖。看啊！看看推特：我们的鸭子正在柳树下安睡！看看我们的餐桌，还有配套的椅子，看看我们墙上的艺术品、我们的花架、我们的沙拉碗，还有鬼罂粟、维多利亚时代风格的瓷器和野花盛开的草地。看看那盏现代主义台灯旁那片抹了黄油的吐司。看吧！看看你浏览 Instagram[1] 的样子！我们来了，与莫莉——我们温顺的缅甸蟒——一起踏上乡间漫步之旅！

*

如果说房地产是自画像或阶级群像图，那么它也可说是一具搔首弄姿、惹人注目的身体。说真的，我也搞不懂为什么房地产不更热烈地与我调情，用它媚人的秋波向我发出各种我无力抵抗的邀约。毕竟，我终于还是能依靠写作维生了。我躺在中央公园那把被遗弃或被遗忘的钥匙下，开始思考这一切，想弄明白自己依然住在

1　一款在线图片及视频分享的社群应用软件。

破烂的伦敦公寓楼里真正的和实际的原因，对此迷惑不清真是让人颓丧。

我二十出头就开始写作，二十七岁就有作品出版，不过我的戏剧剧本都是在我二十出头的时候上演的。让演员说出我写的话，叫我感觉自己仿佛拥有超能力，但这难以维生。我想到了丽贝卡·韦斯特[1]，她的书让她在四十岁就赚到了足够多的财富，可以为自己买一辆劳斯莱斯和一幢位于奇尔特恩丘陵间的乡村大别墅，或者说**庄园**。四十岁时，我的二女儿三个月大，当时我正在研究如何用不同种类、各色大小的豆子做扁豆汤（非常便宜）。在丽贝卡·韦斯特坐在她时髦的新车里的年纪，我正在钻研如何调和香辛料，以及扁豆汤配米饭是不是更好，或是在学习如何制作烤饼或其他印度薄饼——我真的做了：黑麦面粉、水、油、酥油。是的，看着面团在

---

1 Dame Rebecca West（1892—1983），英国作家、记者、文学评论家。

煎锅里起泡、膨胀，亲手熔化、过滤黄油，真的让我很快乐。后来，我还做了印度抛饼，这个饼厚得多，需要给面团加上褶边。真的难以置信，我白天给家人做美味的扁豆汤、烤饼和抛饼，晚上通宵写作，甚至能分辨出凌晨四点街上响起的每一声汽车警报对应哪台车。同样是不惑之年，丽贝卡·韦斯特把她的新劳斯莱斯停在她奇尔特恩丘陵的房产中，加缪则获得了诺贝尔奖。

> 我们之中只有部分人是理智的：只有部分人爱享乐，爱长日的幸福，想活到年近百岁，然后于家中安详死去，这个家由我们亲手建造，并将继续为我们的后人遮风挡雨。另一部分人几近疯狂。他们不愿安逸，更想受罪，热爱疼痛及暗夜的绝望，想在灭世之灾中死去，这场灾祸会让生命归零，夷平我们的房子，只剩下烧焦的地基。
>
> ——丽贝卡·韦斯特《黑羊与灰鹰》(1941)

我部分认同丽贝卡·韦斯特的话，但不喜欢烧焦的地基。如果你不算富裕，你肯定不想目睹一场会焚毁你房子的灾难。我的木马！我的锅！我镶着一圈白色小球的小台灯！不管怎么说，数年如一日地养育孩子，掌握各种印度饼的制作方法——隐入家庭的这几年确实对我的人生影响至深。我当时并不知道，但我确实一步步地变成了我梦想成为的作家。我将逐渐变成她，而她也将逐渐成为我。让我高兴的是，我并没有趁便去写我二十几岁时深深沉迷的那类故事、小说和戏剧。我在森林里寻觅（穿着银色松糕鞋），想找到那匹狼。那匹狼是谁？那匹狼是什么？或许狼就是写作的全部意义。

向着危险走去，向着可能会张口咆哮并将作家推下悬崖的猛兽进击，这是语言冒险的一部分。任何进行深入、自由、严肃的思考的人都会更接近生与死，更接近我们人生旅途中历经的其他各种事物。任何破晓时起床打扫办公室、地铁站、学校或医院的清洁工，都很熟悉这样的思考。她明白她得强过她最可怕的念头，强过她的疲惫与倦怠。很可能许多人都听到或看到了她，尽管

Instagram 上可能没有她的踪迹（看啊！看看我的工作时长！看看我的三份工作！看看我的双手！），但这并不能阻止她思考人生。思想即语言。避免思考也是语言。我曾经让整个写作班的学生只盯着 Yes 和 No 两个单词看。我们都认同，“禁止黑人入内”“禁止犹太人入内”“禁止吉卜赛人入内”这类门上的标语是最贫瘠的语言。二十世纪七十年代公共泳池的标语也是有趣的文本。“禁止跳水”“禁止抚摸”“禁止饮食”“禁止泼水”。为什么不直接立块牌子，只需写上“禁止。禁止。禁止。”？如果我们把这块牌子翻过来，会看到什么？“可以。可以。可以。”

没错，我想要一个房子。还要带花园。我想要土地。

挂在中央公园那棵树枝上的钥匙打开了我脑海中许多其他房子的门。

我知道詹姆斯·鲍德温生命中的最后十七年一直

住在法国小镇圣保罗德旺斯。就我所知，他租了一座石屋，院子里种着橘树和棕榈树，能看见大海和群山。那是他的避难所，让他可以远离二十世纪七十年代的美国对他肤色和同性恋倾向的敌意。他在租来的石屋里写作，烟灰缸放在桌上，壁炉就在椅子后。迈尔斯·戴维斯、史提夫·旺达、妮娜·西蒙、艾拉·菲茨杰拉德[1]都来这里拜访过他。他与好友在花园里的桌边围坐，畅聊至温暖的地中海夜晚降临。他来自瑞士的旧情人与他的家人一起住在门房里，在鲍德温患上胃癌后还负责照料他。据说，鲍德温临终前尝试办理手续买下这座房子，但不知为何没能成功。他死后，这租来的房产没能变成詹姆斯·鲍德温博物馆。要是真有这么个博物馆，我本人必会去朝圣，只为看看他桌上的玻璃烟灰缸。我很想看看他写作、思考、招待朋友的地方。这座房子不仅是家庭空间，还是政治空间。他被迫背井离乡，在异国租

1　均为杰出的美国黑人爵士音乐家。

来的房子里打造一个更友好的世界。这不是他第一次为了生存与写作而逃离美国的种族主义。1948 年冬，他从纽约逃到巴黎，口袋里只有四十美元。当时他住在韦尔讷伊街的破旅店里。而地处蔚蓝海岸[1]的租屋，院子里种着橘树和棕榈树，身边好友环绕，这真是振奋人心的画面。我把它存在脑海里数十年，就像我家庭相册中的一张老照片。

*

我又看了一眼挂在树枝上的钥匙。我是否应该把它交给公园失物招领处的人？不。如果是我丢了钥匙，我最终会想起自己把它落在哪儿了，我会回到树那里（慌慌张张）把它拿回来。

我不想再回去打开我继母如今已空空荡荡的公寓的门了，于是那天剩下的时间我都待在一家酒店里，我知

1　法国东南部沿海地区，包括尼斯、戛纳和圣特罗佩，以及摩纳哥公国。

道那里有屋顶泳池。我的裙子里就穿着泳衣，因此游泳似乎成了我必须完成的任务。天气湿热，泳池上空有三架小型军用飞机在列队飞行。一名 DJ 正忙着布置打碟台。他是个瘦瘦的白人小伙子，穿着牛仔服，戴着金色眼镜。年轻迷人的男男女女悠闲地在躺椅上享受日光。这天气热得离谱。我戴上墨镜，努力克制睡意。一开始，DJ 放的是灵魂乐，不远处就是哈德逊河，还有高线公园，一株瘦弱不堪的香蕉树在吧台旁的陶盆里努力生长。我的香蕉树长得可健康多了，事实上，它正在北伦敦茁壮成长，身高将近一米二。我的女儿刚给我发了一张树的照片，向我保证她每天都在给“三娃”浇水。

我点了一杯血腥玛丽。酒送来了，杯子里还有两颗串在一起的大橄榄，橄榄中间是两节酸黄瓜。就算是大橄榄也还是小小一颗，酸黄瓜就更加迷你了，而芹菜秆有婴儿的手臂粗细。我正在估算我的血腥玛丽上那堆装饰物的比例，一个与我差不多同龄的男人带着他两个年纪尚小的女儿走了进来。DJ 正在放的歌唱着《我要引诱你》[1]。这位父亲被请出去了，因为十一点半后，小孩不能待在屋顶平台上。一个女儿的手臂上套着荧光橙色的充气圈，另一个女儿穿着类似潜水服的衣服，上面有尼龙材质的鱼鳞和一条完整的美人鱼尾巴。我还是第一次看到双腿和尾巴共存的美人鱼。这个设计很聪明。我想，同时拥有双腿和一条美人鱼尾巴称得上圆满了。

我也想在这个小泳池里游泳，但一想到那些清瘦美丽的男男女女坐在泳池边，喝着莫吉托，看着我身穿黑色速比涛[2]在池子里游几个往返的场景，我就觉得过于羞耻了。泳池只有大概一米深，和我的香蕉树一样高。过了一会儿，我还是跳了进去。两条腿，有；尾巴，没有。

在回继母公寓的路上，我发现了一个集市。其中一个摊位卖油炸奥利奥。我给两个女儿买了墨镜，也给我

---

1 *I want to sex you up*，出自美国爵士蓝调乐队 Color Me Badd 的同名单曲。

2 Speedo，来自澳大利亚的世界著名泳装品牌。

的男性友人买了一副，还给他的妻子纳迪娅买了些土茴香和辣椒粉——她做饭喜欢放这些香料。我正在包里翻找美钞时，一个穿着浮夸的女人走到了我身边。她告诉我，她非常喜欢我有着巨大黑白鞋舌的布洛克鞋。她说，她是布鲁克林人，所以可别招惹她，但她想告诉我她本人有七双布洛克鞋，两双——用她的话说——番茄色，一双柠檬黄，四双不同色度的蓝，从天蓝到深蓝。在我听来，这些鞋完全不像布洛克鞋。她告诉我她是某个公司的数字总监，丈夫是医生，说完她就走了。这也太怪异了。我想不通她为什么要告诉我这些信息，但我猜想她的投资组合里应该有很多双鞋。我希望她能把鞋子遗赠给喜欢它们的人，毕竟我前不久才把继母所有的鞋子装在垃圾袋里，送去了旧货商店。

等我回到曼哈顿的公寓后，男性友人特意强调，在他用拖把拖遍每个房间的地板时，我正在屋顶泳池游泳，大喝血腥玛丽，最后还逛了会儿集市，结束了圆满的一天。

“我给你做一杯‘热血沸腾’，如何？”我说道，游泳后头发还是湿的。我给他递上一杯浓浓的冰咖啡，他悲痛地摇了摇头。

“说实话，我觉得它的问题是没糖。这不是‘热血沸腾’，只能是咖啡因飙升。”他正抱怨着，我就跟他讲起了中央公园树枝上的钥匙。

“在某些方面，”他说，“你就像我妻子。她也对钥匙有执念。只不过，她是幸福的，只是假装不幸福，而你并不开心，却假装开心。”他晃动着那令人失望的“咖啡因飙升”里的冰块，然后拽了拽右耳垂——每当要说些挑衅的话，他就会这么做。

“你家小女儿就要离家了，所以你还是想想是不是要勾搭一个人来共度余生吧。”

等他摸完了耳朵，他居然还动了动眉毛以示强调。

第二天早晨，我去了航道超市，想买一只香瓜做早餐。在路上，我看到一个女人在路边喂鸽子。我在思考，给鸽子撒粮是不是能让她感受到尊重与被爱。她或许可以是一个有趣的女主角，而非配角；下次和电影公司高管见面时，我应该和他们提提这个想法。可当我发现她描了眉，这导致她的一边眉毛比另一边高很多时，我突然感到精疲力竭，觉得自己没办法继续挖掘她人生故事中的艰辛与悲伤了。在我的想象中，小时候的她两边眉毛的位置都很正常，但我知道为此我得追溯导致她左眉高至发际线的一段漫长的女性成长史。如此作为一部电影的框架，确实挺吸引人的。我还在思考男性友人的观点——他的妻子纳迪娅是幸福的，只是假装不幸福。他为何觉得她是假装的?

4 伦敦

LONDON

我迷上了丝绸。我想睡在丝绸里，把它穿在身上，不知为何，我就是相信丝绸拥有治愈之力。一切始于一张版税支票——结果我就真把自己当成了皇室[1]，开始享受起皇家睡眠。一开始，我买了一床真丝双人羽绒被和床单，然后买了六张枕套，姜黄色的。睡在丝绸里如临神启之境，既凉爽又温暖。丝绸宛若化作第二层皮肤，又如同情人的触碰。换下丝绸，换上睡了一辈子的纯棉床单时，我突然觉得它扎得我生疼。我还是坚持用了一周，有点儿像是为了感受现实的残酷而穿上刚毛衬衣。

---

1 “版税”的英文为 royalty，亦有“皇室”之义。

坦白说，我不再需要体验那样的现实了。在这个意义上，真丝床单比我的生活轻盈多了。

我乐于接受自己对丝绸奇怪的渴望，但没想明白到底发生了什么。或许我以为自己快要死了，为此在做心理建设，准备让香油般的丝绸裹覆身体，就像古埃及法老一样走向不朽。是的，用丝绸、没药、蜂蜡和松脂进行肉体防腐，或者用混合了木炭的黏土裹住肉身，这确实让我心动。其实，我在活着的此刻就喜欢这些东西，它们最好是混在一起，做成面膜。

众所周知，中国汉代的辛追（又被称为轪侯夫人）于公元前 163 年去世时，就被裹上了二十层丝绸。最妙的是，人们还在她的食道和肠胃里找到了一百三十八颗西瓜子。我喜欢如此想象她：一个夏日，身穿丝绸的她，正在享用一块多汁的西瓜。出土时她的遗体完整，这真让人松了口气。我可不想像法老一样，大脑被人用一根铁钩从头骨里挖了出来，虽然我确实想要法老的显赫地位。

我发现蚕吃的是桑叶，而桑叶富含大量抗氧化物，能促进身体细胞修复。既然如此，我也该养一窝自己的蚕，雇一帮人照料，好满足我的蚕丝需求。电动自行车、木马和蚕将成为我房地产投资组合的一部分。最妙的是，我了解到蚕丝是由蚕的唾液腺制造的，可以说是一种“丝腺热”。我还读到歌手兼演员简·伯金的母亲给她的建议：“当你一无所有时……就穿上真丝内衣，开始读普鲁斯特。”现在的我，和孩子的父亲分开，小女儿也将在秋季离家，或许我也算一无所有了？不管怎么说吧，如果我魂穿法老，我要一些神圣的动物与我合葬。这样一想，我就备感安心。我要把这一条写在遗嘱里。我都能想象得到女儿们愤恨地读出这条遗嘱的样子：“她不能带走猫，不行，露露还要捕鸟，在我们的腿上打呼噜呢。”我的大女儿总能说出一些够我笑好几天的绝妙金句。我想她会幽幽开口，“都是我们的义务啊”，然后加上一句她完美的点睛之语，一针见血。

我的挪威好友阿格尼丝来我家喝意大利起泡鸡尾酒。她戴着亮闪闪的绿耳环，和她的一口白牙同样晃眼。下午六点，我们都刚完成工作，狂风正刮过伦敦全城，天气预报员称之为“埃利诺风暴”。毫无疑问，“埃利诺”此刻正将摇摇欲坠的公寓楼的克里托尔[1]窗吹得呼呼作响，阿格尼丝和我一度觉得风甚至可能破窗而入。

我制作起泡鸡尾酒的原料有普罗塞克酒、金巴利苦酒、一点儿汤力水和一片橙子。这是一杯夏季饮品，正如加缪对他自己的形容，我体内也有一个永夏，就算风暴肆虐，要让我的屋舍倾倒。

“你甚至提前冰镇了杯子。”阿格尼丝一边说着，一边端详我在维也纳进行巡回售书活动时买的磨砂水晶长

1 英国著名的钢框窗制造商。

笛。我告诉她，这是我从我那位男性友人那儿学来的小技巧：喝玛格丽特鸡尾酒时，他总会把酒杯放进冰箱冰镇，就为了讨第三任妻子开心。

其实，纳迪娅更喜欢用羽衣甘蓝和芹菜榨成的蔬菜汁。

等我真拥有了种着石榴树的富丽老宅，我会专门用一台冰箱来冰镇酒杯。最近，我把这幢房子花园里的喷泉替换成花园尽头的小河。我的空中楼阁也多了一条停泊在小河码头的筏子。来访的好友会发现我一边在凉爽清澈的水里晃着双脚，一边打磨抛光我的船桨。河里有鱼吗？当然。都有哪些种类的鱼？目前我还不清楚都有些什么鱼，因为我才刚把喷泉换成一整条有潮汐涨落的河。那船叫什么？就叫“萝塞塔修女”，源自非裔美国歌手萝塞塔·撒普修女，摇滚教母，第一位用电吉他演奏福音的女性巨星。自从我在一部电影里看到四十九岁的她在曼彻斯特的火车站演奏的场景，她就一直是我的中年榜样。我尤其中意她斜挎在高领外套上的电吉他和绚丽的细跟高跟鞋。查克·贝里、猫王和小理查德都曾从萝塞塔修女那儿学了两招。电影里，一位友人谈到她声音中的力量与美："她能让你哭泣，她能让你起舞。"我很乐意把她的名字画在我的船上。我把我的想法都跟阿格尼丝说了，她说："我真不懂你为什么想要一栋荒野中的房子。你是见过世面的人，你喜欢盛装打扮、参加派对，你喜欢萝塞塔修女的高跟鞋和高领外套，事实上，你最好的点子都是在人群中想出来的，所以你为什么要走乡村风？在我看来你就是摩登天后，从来如此。"

我还没跟她说到真丝床单呢。

阿格尼丝喝了一口鸡尾酒，赞道："真是绝品！"窗外，"埃利诺"呼啸着穿过这栋破烂的楼，我注意到阿格尼丝比我们上一次见面时更沉着了。她的身体发生了改变，看上去更高、更柔软，笑容也变多了。她告诉我，自从与相处多年的伴侣鲁思分开，她的感官就再次苏醒了。有时这是好事，有时却是坏事。她瞥了一眼我阳台上的木马，蓝色的眼睛里波涛汹涌，就像她出生地附近那深邃的斯堪的纳维亚峡湾。

据说，鲁思告诉她，她总是骑在“高头大马”上，而鲁思却想把她拉下来。高头大马，高头大马。能看到一个女人骑在高头大马上，不是很好吗？为什么鲁思想把她拉下来？拉到哪里？要低到什么程度？为何要费力把一个女人拉下马？鲁思风暴。

我想“高头大马”原本是指傲慢或自大，但我相信就阿格尼丝的情况而言，“高头大马”其实意味着清楚自己的人生目标，努力做好她在这个世界上想做的事，有时这种状态就叫拥有主体性，或手握命运的缰绳，掌控自己人生的方向。毕竟，如果你不知道如何驾驭，那么爬到高头大马上也没有意义。我为**高头大马**而着迷，尤其是当一个女人想把另一个女人拉下马的时候。鲁思花了大量的时间打压阿格尼丝，却只花了一点点时间来爱她。相遇时，两人三十七岁；分开时，两人四十七岁。那真是好长一段人生，所以，马儿显然都跑出去撒欢了。

阿格尼丝告诉我，自从搬出和前伴侣共住的家，不知怎的，她突然非常想佩戴真的绿宝石耳环。

“我渴望矿石。”

她解释说，她并不想借绿宝石彰显财富什么的（她并不富有），并非如此，人到中年，她想要的是来自地球深处的、能在她耳朵上闪耀的矿石。她需要**光泽**。她会盯着珠宝店的橱窗陈列，想着“不，这些石头太小了”，即使她连躺在小小丝绒棺材里的针头大小的绿宝石都买不起。我们在想的是，从地球深处挖出来的矿石是否以某种方式与自然命脉、时间起源相连接。但接着，我指出，她应该不会想把煤炭戴在耳朵上，即便煤炭也是从地底开凿出来的。

“不管怎样，”她指着自己的耳朵说道，“目前这对耳环就够用。”她自己买了一堆绿水晶耳环，那都是她希望能在她耳朵上闪耀的绿宝石的仿制品。是的，当她骑着她的高头大马走在北环路上，去“手机先生”维修她的碎屏时，她就有了光泽。

我看是时候告诉她真丝床单的事了。等我说罢，她坚持要看我的床单。

姜黄色。金色。

“我觉得你已经回到了你的故乡。”她说道。我告诉她，我要把蚕丝加入我的房地产投资组合，还有木马和电动车。她看到我桌上有一盏木头和黄铜做的台灯，觉得这也值得放入投资清单，还有我收藏的西格蒙德·弗洛伊德的书和阿波利奈尔[1]的诗集。

埃利诺风暴已然平息。

---

1 Guillaume Apollinaire（1880—1918），法国著名诗人、小说家、剧作家、文艺评论家。

“奇怪的是，”我们回去拿客厅那瓶普罗塞克酒时，她告诉我，“别人告诉我，戴着假绿宝石的我看上去就像女王。”确实如此，如今淡定沉着的她看上去确实有女王风范。

我问她做女王是好还是不好。

“好事啊，”她说，“虽然有点儿怪，但何乐而不为呢？万众瞩目，享有特权，人人对她马首是瞻。”

我让她想想，如果她是女王，那她很可能就在城堡里长大，骑着装有皮质马鞍的儿童摇摆木马。那可和骑高头大马全不一样，不过这或许是为以后骑真马而做的预演。会有男性先辈站在城堡石墙上的画作里，而且她的皇室父母可不会拥抱她、挠她痒痒、亲吻她，以免过量的爱折损她的人格。我说话时，她新买的矿石耳环就在灯光下闪闪发亮。

我没告诉阿格尼丝我脑子里想到了白皇后和红皇后，还有刘易斯·卡罗尔《爱丽丝镜中奇遇记》里的红桃皇后[1]。其中一个皇后的头发里一直插着一把梳子。显然，英国插画师约翰·坦尼尔是在看到他那个年代疯人院里发狂的女病人时受到了启发。这些女人都幻想自己是皇后。刘易斯·卡罗尔对这些疯癫的成熟女性的心理做了如下思考：

> 在我的想象中，红桃皇后象征着无法遏制的激情——盲目、无的放矢的狂怒。
>
> 我心中的红皇后也象征狂怒，但与红桃皇后的狂怒类型不同；她的激情必定是冷淡的、平静的；她必须庄重且严肃，但并非不近人情；她迂腐到了极致，简直凝聚所有家庭女教师的人格精华！

简·爱是家庭女教师，但她并不冷漠，也不平静。夏洛特·勃朗特将规定的剧本重写，她笔下的女教师并

1 红皇后是卡罗尔《爱丽丝镜中奇遇记》(1871)中的人物，而红桃皇后是前作《爱丽丝梦游奇境记》中的人物，两者经常被混淆，显然此处作者就混淆了。

非严母，事实上，她自己就没有母亲，也完全不知道要如何扮演心仪男士的严母。简·爱的第二自我（伯莎·罗切斯特）正好被锁在阁楼里，象征着无法遏制的激情，就像红桃皇后。或许她的头发里也插着一把梳子。阁楼上的疯女人拒绝被她丈夫控制。

我开始好奇，是否正如阿格尼丝所说，做皇后，或就我而言，做法老，就等于拥有权力与尊重。在这个意义上，皇后或许和在人行道上喂鸽子的女人并无太大差别。显然，两者都有忠心的臣民匍匐在脚边，只不过一个面对的是人，另一个面对的是长满羽毛的生物。

阿格尼丝的头发非常丝滑，头发里并未插着发梳。也许她更像朱诺，罗马帝国的女守护神，她被称为“雷吉娜”，或女王。朱诺头戴王冠，画作中常以坐姿示人，脚边还有一只孔雀。我特意记录下这只孔雀，以后好用来折磨电影公司的高管。下一次有人要我说说对女主角人设的想法，我就可以说：“她坐在简陋的伦敦公寓里吃着玉米片，脚边还卧着一只孔雀，这样如何？”

我们喝完起泡鸡尾酒，我又做了一锅鳀鱼意大利面来搭配第二轮酒。我们近来都在看一部名叫《宿敌》的电视剧，剧集讲述贝蒂·戴维斯和琼·克劳馥的人生与事业，事实上，还有她们无止境的争吵。显然，贝蒂·戴维斯［苏珊·萨兰登饰］有才，而琼·克劳馥［杰西卡·兰格饰］有颜。两人都是单身母亲、大明星、酒鬼。贝蒂风暴。琼风暴。

两人之中，克劳馥更无法接受自己优雅自在地老去。她明白枯萎的容颜会让她失业，现实也确实如此。女演员随着年龄的增长，可以演的角色越来越少。世间所有的绿宝石和真丝床单，城里最好的美妆大师，也无法帮助她们再演一回女主角。这里的女主角指的也就是被各色男主角所渴望的那种女性角色。她们可选的角色都是母亲、祖母，克劳馥还拿到了电影《类人猿》

中做作的女科学家一角，我知道她为什么想演：至少克劳馥的角色——布罗克顿博士——拥有自己的职业，而且当她发现了一个冰河时期的野人时，她竟着手把他变成了自己的宠物。中年及老年女演员一觉醒来发现没有可演的戏剧和电影角色，这样的例子屡见不鲜，这对我来说也不是新闻，但看着贝蒂和琼正在经历她们二十一世纪的姐妹也在经历的问题，我难以释怀。

我问阿格尼丝，为什么扮演母亲、祖母、姑婆和古怪老处女的角色会被认为是降格？我突然意识到问题出在剧本上，那些母亲和祖母，不是在辖制他人更有趣的欲望，就是在安慰他人，表现得睿智但无趣。

古怪的老年妇女则是用来提供笑料的。这类角色大多未婚。没有女性角色能拥有属于自己的完整人生——尤其是让她们感到心满意足的人生。一个也没有。剧中的她们或在照顾老伴，或孤苦伶仃，或病痛缠身，或是家中的暴君，或干脆疯了。

为何要如此刻画她们？在我看来，格特鲁德·斯泰因和艾丽斯·托克拉斯的晚年生活显然比贝蒂·戴维斯和琼·克劳馥的要幸福许多。阿格尼丝用餐刀戳了戳我的手臂。我觉得她是在提醒我，她被鲁思拽下了高头大马。

我在想，如果由我执笔，我会如何刻画中年和老年时期的贝蒂·戴维斯和琼·克劳馥。故事要如何展开？不要古怪暴躁的老太太那一套。好吧，可能会加入对真丝和绿宝石的渴望。阿格尼丝正忙着把意大利面里的鳀鱼挑出来。我不得不向她解释，这是鳀鱼酱意大利面，挑出鱼来她的盘子里可就只剩意大利面了。

“那寂寞呢？”她说，“此刻我就非常寂寞。”

“没错，”我回答，“就让她寂寞好了，最好再让她审视自己的寂寞。赋予她与男人无关的欲望与冲突，让她忧愁，但不抑郁；悲伤，但不绝望。一个忧愁的女性角色怎么就不讨喜了？”

阿格尼丝绝望地看着她的意大利面。

“赋予她一切，除了鳀鱼，”我说道，张开双臂乱舞，“把睡在马拉喀什西部、摩洛哥坚果树上的山羊送给她。”

阿格尼丝坦言她对我说的感到困惑，她的表情和电影公司的高管如出一辙。

最近，我在看英格玛·伯格曼的电影《犹在镜中》。这是一个黑暗的故事，讲述了一家人在瑞典法罗岛上的假期。电影中的父亲是个作家。他孤僻、疏离、悲伤，沉浸在自己的世界里。他给孩子们买来他们根本不想要的礼物，敷衍了事。他从没陪伴过已成年的女儿和儿子，即使孩子们希望父亲能在身边。工作是他的一切。与家人外出度假，他却写作直至凌晨四点。在他工作时，成年的孩子用自己的各种问题来打扰他，想得到他的赞美与关注。是的，他魅力非凡，是深沉的思想者，他们都想获得他的注目。这位父亲的女儿精神脆弱，嫁给了一个温柔的男人。这个女婿告诉他（两人乘船出游），他总是忽视家人的需求，一意孤行，追寻自己的兴趣癖好到了麻木不仁的地步，这很反人性。还说他并不了解生活，他是个懦夫，最擅长逃避和找借口。

电影中的父亲独自在厨房哭泣，哭完又戴上了他的社交面具，仿佛什么都没发生。现实让他惧怕，乏味的日常生活让他厌烦，孩子的软弱让他苦恼。最重要的是，女婿对饱受痛苦折磨的女儿坚贞的爱，让他嫉妒又困惑。说到底，他自己有许多来去匆匆的情人，而且他接受了一个令人艳羡的去国外工作的机会——是的，他要离家去进行关于人类境况的艺术创作，远离亲人，但无法断绝与亲人的关系。

他真是个迷人的角色。伯格曼对男主人公的批判令人欣赏。他让他去闯祸，让他既愚蠢又深刻，既善良又残忍，让他成为复杂又矛盾的存在。

“那么，把这些性格特质放到**女性**角色身上如何？”

最近我向三名电影公司的高管——其中有两名女性——说了这个想法。他们看上去都有些紧张，但还是倾身听我继续说下去。

我注意到他们前倾的姿态，暗自祈祷这次我能说服他们买下剧本。“没错，”我说，“她完全随心所欲，誓要得到自己想要的一切。她在职场上奋力拼杀，工作上来者不拒，空留家人苦苦盼她归家。不仅如此，”我说，“她情人众多，永远不会全身心投入某段感情，而且她给孩子买礼物从不用心，礼物都是她结束一段刺激的旅行后在登机前的最后一分钟买的。”

那位和善的女高管大笑出声。她看起来疲惫不堪，眼睛下面显出了黑眼圈。或许是我消耗了她的心神，或许是她的家人让她精疲力竭。在这次会议正式开始前，她还在跟我说新生儿让她晚上睡不了觉。我根本不想和她聊这个，因为我是来推销创意的，要用赚来的钱给自己买不动产。那位冷酷的女高管问我，观众怎么才能喜欢上这样的角色。

“这是有点儿难办。”我回答。

我猜参与那次会议的女性没有一个会以牺牲身边所有人为代价，无情地追寻自己的梦想与渴望。事实上，我很清楚，面对那些在情感与金钱上依赖我们的人，若要无视他们的愿望与渴望，我们总难免会心怀愧疚。

我认识的许多女性，包括我自己，在财务上都不依赖其他人，却要为别人的财务负责。靠他人的天赋来谋生的人，通常都满腹怨气、充满敌意。他们想把这些女人拉下高头大马，但他们自己的生计却有赖于她熟练地驾驭高头大马，向辽阔但糟糕的世界奔去，好帮他们偿付贷款。

那么，这些电影公司的高管到底希望他们的女性角色是什么样的呢？我本该问出这个问题，但答案我早已知晓。她们得讨人喜欢。

一个驱使高头大马、肆意妄为的女人，讨人喜欢吗？

除非她策马冲下悬崖，将自己摔得体无完肤。人们仅容忍她在赴死这事上出类拔萃。

伯格曼电影中的另一个场景出现在我脑海中：夜晚，神经紧绷的父亲在屋外抽着烟斗，恍惚地望着星空。孩子们坐在他脚边，等着聆听他的惊人之语。不幸的是，这个场景让我有了新的想法。我向电影公司的高管陈述说："或许这个神经紧绷的母亲/女作家角色可以恍惚地望着星空，而她的孩子们就坐在她脚边，等着聆听她的惊人发言。"他们知道我也明白这很荒谬，但不知为何，他们没法随着我一起大笑。毕竟，我们到底是为谁而笑，为什么而笑呢？

那位冷酷的男高管似乎微笑了一下，然后看了看手机。我本有可能获得的房产就在我眼前化为齑粉，光是用那些粉末，我就能造一座大宅。我所描述的女性角色可能是个危险分子，但角色若是男性，他就不危险了。这次会议是在伦敦的一家媒体俱乐部里进行的。我在服务台签到时，负责接待的年轻女人说：“噢，你就是那个作家?”听到我的肯定答复后，她头头是道地谈起了我写的某本书，说她很喜欢。我真想召她来参会，请她帮我陈述，我去给她代班。

我告诉阿格尼丝，至少，我决不想再在电影里看到一个年近六十的男人和一个二十出头的女人谈恋爱了，而且这样的电影永远不会从她的角度谈论两人的年龄差。没错，我确实无法理解，为何伯格曼电影里温柔的中年女婿会尝试和他美丽、年轻但精神分裂的妻子发生性关系。毕竟，她是个病人，刚接受了残酷的电击治疗，还在恢复中。她推开他，为不想和他发生关系而道歉，然后跑上阁楼，穿过墙，进入了另一种生活。这应该是她的幻觉，由她的疾病引起的幻觉，但或许，这另一种生活正是她最想要的。

*

我和阿格尼丝一直聊到深夜。只要她动动头，那对绿水晶耳环就会折射出一束束光，洒满房间，就像闪光的迪斯科灯球。她建议我，如果我真想买下梦想中的富丽老宅，我就该构思一个讨喜的女性角色，让她在电影结束前嫁给男主角。实际点儿，她强调，达成交易，写出剧本，然后就能收获你那幢门前有小河与划艇的大宅。

我看了一眼阳台上的木马，它们彩漆描出的阴郁双眼回望着我。

“既然如此，”阿格尼丝一边说，一边脱掉鞋子，从椅子上挪到了地毯上，“我觉得你并非真的想要那幢门前有小河与划艇的房子。”她告诉我她把香烟放在哪儿了。我从她包里拿了一支，然后在一个隐藏的拉链口袋里找到打火机，点上了烟。

“不，你错了，阿格尼丝，”我吐出烟，说道，“我最想要的就是那幢房子。我想要那房子的房契。”我抽烟的时候，阿格尼丝开始尝试做瑜伽里的头倒立。她的身体成了一条完美的直线，那双斯堪的纳维亚长腿朝上伸展，脚趾指向天花板。

“其实，”我说，“我这一辈子心里都装着那幢房子。”

“那它肯定很沉重，”阿格尼丝说，“为什么不放下它？”

我就在她脚边挥舞着香烟：“决不！没有那房子做盼头，我会崩溃的。”

阿格尼丝还倒立着，现在她的腿开始像海星一样动了起来。不对，她的腿是剪刀，她正忙着剪碎我的房产梦。

“从你的高头大马上下来吧，阿格尼丝。”我透过一个烟圈对她吼道。

“你知道吗？”她说，“我觉得你的起泡鸡尾酒提升了我的平衡能力。”

确实，就算她倒立着，那对绿水晶耳环依然彰显出她的尊贵气质。

5 孟买

MUMBAI

翻译的任务便是以自己的语言把“纯粹语言”从另一种语言的封印中释放出来，是通过对作品的再创作，把禁锢于作品中的语言解放出来。

——瓦尔特·本雅明《启迪：本雅明文选》(1968)

我的书开始被翻译到世界各地，与此同时，每当看到我的文字以另一种语言呈现在书页上时，我都激动万分。我所知的众多作家在比我年轻许多的时候，作品就被翻译了，所以巡回各地与读者见面已经成了他们职业生活的一部分。我的职业生涯大概始于八岁。机缘巧合，我就是在那年开始了写作。那一年，我创造了一只非公非母的猫，它会飞，会在一排蓝花楹树上空跳起阿拉伯舞曲。它有一双黄眼睛，它的神力让我胆寒。不过这是件好事，如果你写的故事让你发笑，最后还把你看睡着了，那还有什么意义呢？在那个故事里，我发现那只猫尽管法力通天，却很孤独。快二十岁时，我在伦敦郊区读了《百年孤独》，这是我阅读的第一部翻译作品。读到奥雷里亚诺·布恩迪亚上校恰是因为他巨大的权力而感到孤独、迷茫的段落时，我想起了童年的那只猫。

巨大的权力让他孤独，他开始迷失方向。

那句话点亮了我在西芬奇利的生活。加夫列尔·加西亚·马尔克斯的史诗，经一位英勇的、隐在幕后的译者之手，传到了英格兰郊区。当时的我是否想过，有一天我写的书也会被人翻译，并且被另一个国家的同样生活在郊区的人阅读？虽然对生活在二十世纪七十年代的一个少女而言，那只是遥不可及的梦，但正是从那时起，我开始认识到世界之广博，并渴望投身其中。

被**翻译**就好像在另一个身体里过着另一种生活，在法国、乌克兰、瑞典、越南、德国、中国、捷克、西班牙、罗马尼亚——在任何地方。我常常会去想一想我的译者，他们大多我都不认识，不过有的译者会发邮件来问我些问题，多是奇怪的问题。有时我的用词会被修改，因为在另一种语言和文化里，这些词有另外三重意义。我知道，与其说这些娴熟的译者是在创造我作品的分身，不如说他们为之赋予了新的生命。写作的意义便是努力联结纷杂的大千世界，事实上，这更是写作唯一的意义。与此同时，英国脱欧的消息铺天盖地，我焦急地想知道脱离欧洲之后的生活会如何。或许那就像生活在一片沉默之中。

> 没有翻译，我们将生活在近乎沉默的教区。
>
> ——乔治·斯坦纳《斯坦纳回忆录：审视后的生命》(1997)

因为受邀要去印度孟买参加一场文学节，我和女儿们作别。在飞机上，我撒了几滴薰衣草精油在枕头上，准备睡觉。二十分钟后我醒来了，又用了一滴依兰精油来唤起我消失的睡意。空乘走来低声告诉我，有一位乘客不喜欢飘荡在客舱里的精油味。她告诉我，她个人很欣赏我能把客舱变成愉悦的殿堂，尽管如此，她还是有义务告知我其他乘客的不满。我注意到，那个向乘务员抱怨的男人此刻正嘴巴大张，鼾声如雷。我的香薰精油助他睡了个好觉（我确信），却没有帮上我。我彻夜未眠，我的依兰花却高挂在他梦的枝丫。

不管怎样，依兰还是深得我心。它那甜美勾魂的芬芳温厚且凛冽，就像包裹着皮草的铁锤。

正是在那趟漫长的飞行中，我开始构思一个喜爱依兰的女性角色，依兰的香气就是她的标志，让人一闻便知是她。她会疯狂爱上一个冷漠的男人，但她不得不逃离他的自恋，并且要迅速逃离，如果她还想做她在这个世界上必须要做的事的话。一如依兰，她甜美，但带着一丝危险的气息。

文学节安排与会作家下榻在一家开在摩天大楼里的酒店，酒店与阿拉伯海只有一街之隔。摄影师让所有人到酒店的泳池边集合，他告诉我们拍照时要竖起大拇指。这个造型让我不太舒服，那些权欲熏心的男领导人就非常喜欢在世界媒体面前翘起他们白色的大拇指，我可不想模仿他们。摄影师因为我没竖起大拇指而怒气冲冲，而我裸露的皮肤正在被蚊子叮咬。等到终于解放了，我跳进了泳池。泳池边到处都是乌鸦，它们蹦蹦跳跳，飞来飞去。泳池上方有两只优雅的鸟在盘旋，它们在天空中展开的双翼大得出奇。游泳时有孟买的鸟儿相伴，真是乐事。

我在文学节上见到了演讲活动的召集人瓦育·奈杜。她穿了一件华丽的粉白条纹莎丽[1]。那条莎丽优雅至

---

1 南亚妇女裹在身上的长巾。

极，那线条，那版型，以及它随着身体摆动的样子，让人叹为观止。如此美丽的瓦育其实已经六十岁了，她留着一头利落的银色短发，对我的书提出了一针见血的批评。在随后的提问环节，听众和我都想到什么就说什么，这个过程十分有趣。我想我的文学目标就是自由思考，或者说是让书来代表我进行自由的表达。这听起来似乎不是什么难事，但不论是在书页上，还是在生活中，这并不轻松。尝试去处理两种同时涌现出的、相互矛盾的想法，这会让一些人抓狂，仿佛他们生怕自己做了什么错事。他们迫切地想要将入侵的思想排出体外，以免它搅浑水。但思考的意义便在于它总是会“搅浑水”，那么我们该如何与我们的自由思想及这摊“浑水”共存呢？

在西欧的现实主义小说中，一名作家该如何处理（我们大声说出疑惑）非理性？如何处理诸多看似毫无关联，但又出奇相似的事件？如何处理我们为使自己免受伤害而创造的迷信与私密魔法？如何应对离奇之事？

以及，当我们试着将故事理顺时，那些与正题背道而驰的思想洪流、冗余枝节，又该如何处理？我们是否接受语言是神圣的、充满恐惧的，同时又是伤痕累累的，就像我们所有人一样？我为他们读了一段玛格丽特·杜拉斯的话：

> 我对书籍的一大意见就是它们不自由。
>
> 我们可以在写作中看到这一点：它们被编造、规整、约束；可以说它们顺从了。写作的修正功能，也是作家常常想加诸自己身上的东西。那一刻，作家变成了监督自己的警察，一心想着好的形式，换言之，最平庸的形式。最清晰、最无害。仍有一代又一代僵死之人在产出循规蹈矩的书。甚至包括年轻人：讨人喜欢的书，没有深度，没有黑暗，没有沉默。换言之，没有一个真正的作者。
>
> ——《写作》(1999)

我们谈到，大多数文学作品都关乎做加减法，就如生活一般。有的人需要活得轻松点儿，而有的人需要多受些苦。所有我们在意的人都需要少受些苦。当感觉自己被听见、被看到时，每个人都会变得强大。但被听见、被看到并不容易，对此，一名作家该怎么做呢？如果她故事里的主人公被听见、被看到了，那感觉真实吗？那么问题就转向了我的小说《游泳回家》。我们聊到一个强大的人如何变得脆弱，一个脆弱的人又如何变得刚强无比，以及一名作家如何在森林里一路投撒面包屑，引诱读者。或许可以换句话说，那条由面包屑铺成的小路就是**故事**，由此延伸出的盘根错节的背景就是**历史**。我们知道鸟儿随时可能俯冲下来，吃掉面包屑小路，但我们仍一心想找到回家的路。毕竟，在林中迷失，却不希望被人找到，那是怎样的痛苦境地啊。那痛苦境地就是我在《游泳回家》中试图探索的。弗吉尼亚·伍尔夫自杀前给丈夫留下绝笔时就身处那样的境地。第一个词如此有力，甚至还有一个逗号，所以她是深吸了一口气，才写下她最后的文字的。

最最亲爱的，

去签售的路上，我碰见了作家斯里瓦察·内瓦提亚，他的作品《轻装前行：我狂躁与抑郁的人生》描述了他被抑郁症和狂躁症折磨的人生经历。他告诉我，一次狂躁症发作的时候，他把他收藏的《达洛维夫人》中的几页撕了下来，撒在德里的大街上。他想让每个人都读一读这几页，因为伍尔夫塑造的人物塞普蒂默斯·沃伦·史密斯引起了他深深的共鸣。塞普蒂默斯是名士兵，从“一战”的战场回到了家。战场的血雨腥风让他患上了炮弹休克症，他因此产生了幻觉。他骗不了自己。他的头脑出现了错乱，再也没法过回战争前的生活了。斯里瓦察将伍尔夫为塞普蒂默斯写下的文字撒在德里的大街上，向伍尔夫致敬。斯里瓦察也是在向自己致敬，他渴望每个人都能读懂这些文字。二十岁之后的每个十年里，我时常想起伍尔夫，她机敏、聪颖、绝望，口袋里装满石头，走入河中。不知为何，她的自杀让我心碎极了，绝难忘怀。她的书给我的感觉是她在平静地述说让她愤怒的事，然而我却能听见她的狂怒、她的呼吸，以及她在写作过程中调整双腿位置时椅子发出的吱嘎声。

与此同时，文学节的生活（可能是伍尔夫会喜欢的生活）——一种美妙绝伦的生活——正在我周围徐徐展开。一个人递给我一碟椰子夹心饼干的同时，我正被引荐给一位老太太，她向我推荐了一个当地的裁缝。她给了我他的地址和电话号码，因为我告诉她我带了一条裙子，想找人照着新做一条。她问我要去哪儿买做裙子的布料。我解释说，我带了一张不用的姜黄色真丝床单。

*

我和瓦育坐上了一辆电动三轮车。这是我第一次见识到孟买风情：市集的摊位散布在人行道上，堆满了绿色的豆子、红色的南瓜，还有茄子、花菜、生姜、姜黄。摊贩们对着手机说话，他们的拖鞋整齐地放在一旁。另一处，一台电风扇立在一个木箱上，摇摇欲坠，木箱上还摆着许多反光的太阳镜，像银色沙丁鱼一样闪闪发亮。这里热闹非凡，但我们就是找不到那个名叫帕马的裁缝。瓦育坚称，他越是不好找，我们就越是要找到他。她给他打了电话，让他告诉车夫该怎么走。最后，我们来到一条拥挤的街道，停在一个小摊位旁，这才见到了帕马本尊。他的一头黑发中夹杂着银丝。他展开我的真丝床单，仔仔细细地看了一遍。那一刻真叫人紧张，仿佛他正在寻找体液的痕迹。果然，确实有一块污渍：黑色墨水染成的一座小岛。我大笑不止，这块墨迹是我在床上用钢笔写作时留下的。我开始想象语言也会有体液：血、精液、粪便、眼泪、尿液、汗水、唾液。古时候的墨水可能是乌贼喷的墨——真正的体液，甚或是掺上水与黏合剂的煤灰，而现在的墨水都是用人造染料做的。当我最终咽气，周身裹上丝绸、黏土和各种香料，被做成木乃伊时，我想再加上煤灰墨，可能就抹在眼皮上。

帕马似乎不是很担心丝绸上的墨迹。我就站在马路上干裂的泥地里让他为我量体，坚持周一下午两点就要来取裙子。我没看到缝纫机，只有一把镶着金把手的银剪刀。然后我们就又坐进了电动三轮车，车夫赤裸的脚伸在车门外，驾车穿行在混乱不堪的人流和车流里。我也想这么开车，而且这辆电动三轮车让我想起了我的电动自行车，唯一的不同是，这辆车的后面带有一节车厢。

我和瓦育为寻找玛莎拉奶茶来到了海边。我们很不走运，但服务员为我们送上两杯热水和两袋立顿茶包。我们谈论生活、烹饪，以及姜黄如何让所有东西都染上消不掉的黄色，包括我们的手指甲和衣服。我们还谈到了孟加拉哲人、诗人、作曲家拉宾德拉纳特·泰戈尔的一句诗：

> 幸福很简单，但简单很难。

我向瓦育坦言，我明白要做到简单很难，每个作家都知道此言非虚，但我并不相信泰戈尔关于幸福的断言。她说："好吧，和你一起坐在这儿，面前有一杯热水和一袋茶包，我就觉得很幸福了。"

我突然意识到我也很幸福。

后来，我走出酒店，来到了海滨。就是在那儿，我在一众街边小吃摊中选择了卖贝尔普里[1]的小摊。我来者不拒：罗望子酸辣酱，要；洋葱碎、香菜和番茄，要；炒米花、辣椒和花生，要。我拿过装着这美味小食的纸盘，坐在一节台阶上，旁边就是门户密集的临时棚

---

1 bhel puri，印度街头常见的小吃。由炒米花、蔬菜和浓郁的罗望子酱制成，酸甜、松脆。

屋群。墙上钉了一张标语：禁止洗衣。禁止做饭。但每个人都在做饭、洗衣。

太阳悬垂在阿拉伯海上方，1948 年，甘地的骨灰就被撒在了这片海洋里。有时海龟还会趁沙滩上逡巡的野狗不注意，来岸上孵蛋。我坐在那级台阶上，看着一个穿粉色莎丽的女人把铺在棚屋水泥地上的垫子卷了起来。一个老人，或许是她的祖父，刚刚就睡在上面。现在她到角落里的卡式炉上做饭，而他在找他的拖鞋。乌鸦开始在我脚边聚集，仿佛它们是我最好的朋友。它们好像在说，不和它们分享这份贝尔普里可不礼貌哦。文学节上有一位意大利电影制片人，她嫁给了一个孟买男人。她告诉过我，她母亲从罗马到孟买来看望她时，会从阳台扔薄饼给乌鸦吃。显然，她母亲觉得这能带给她好运。一天，她看到一群乌鸦把一只巨大的老鼠开膛破肚，它们的喙深深地扎入血肉模糊的内脏。自此，她就不喜欢乌鸦了，再也没为了祈求好运而给它们扔过薄饼。她一度希望能同时看见四只乌鸦，因为她的邻居告诉她这意味着她会大富大贵。

*

两个女孩，或许是姐妹俩，拖着一只桶来到水泵边。过了一会儿，她们洗起了桶里堆叠的盘子，边洗边像乌鸦一样兴奋地交谈着。文学节上的一个印度女人告诉我："如果我们让女孩接受教育，我们就能改变世界。"吃完贝尔普里，望向阿拉伯海时，我想的正是这件事。

我离开棚户区，离开温暖的海风，回到铺着几千平方米光洁大理石地板、吹送着空调凉风的酒店。只需穿过马路，我就能真切地从一个世界来到另一个世界。我把那趟神秘的穿越记录在册，其影响隐约可见于《见证一切的男人》。

举办文学节的房间在二十世纪三十年代曾是一间宝莱坞电影工作室，在那儿我头一回尝到了玛莎拉奶茶，茶里加了绿豆蔻、肉桂、八角和丁香等香辛料调味。一位来自加尔各答的作家走来找我聊天。他告诉我，他现在和妻子住在他们位于果阿的梦想之家里。他说，要是在那儿生活，我买得起一幢房子，还能再雇一名厨师和一名司机。我可以写书、在海里游泳，不必再在英国的天气里日渐衰朽。他为我写下几个看房的地点，但我其实想问他，一个女人在那里的独居生活是怎样的，一个年将六十的女人。我没问出口，因为仿佛一说出口，我就会为自己写下这样一个未来：独自一人，没有伴侣。我很迷信，不想为自己写下这样的剧本，但其实就算不写，我相信现实也会如此。

这段情节有一个插曲：一位来自德里的魅力型男——他自称树语者——在一场为所有作家举办的派对上，对我暧昧地耳语。他告诉我，若水短缺，需水量大的树木就成了问题。因此，考虑到目前气候变化的趋势，需水量大的树木会像老虎一样灭绝。尽管如此，他还是最喜欢当地的无花果树，特别是那心形的树叶。他还问我知不知道无花果总是成对生长——啊哈，简直太聪明了，没人想孤单一个——而且树干上的汁液能治疗牙疼。他低语的嘴唇紧贴着我的耳朵，说着：万一你生病了，没人照顾，知道这个知识还是挺有用的。他喜欢他的威士忌和雪茄，他觉得我抽比迪烟[1]很有趣。你为什么喜欢比迪烟？我说，它们气味芬芳。他解释说，比迪烟就是金色乌木叶卷烟。

“你必须嫁给我，”他说，“没错，你必须和我一起去德里的丘陵上生活。我们可以一起种树，你可以抽比迪烟。”派对嘈杂不已，大家都在社交，而他始终在我身边，还有不间断供应的、放了新鲜青柠的伏特加汤力水，仿佛完美的生活就是如此了。

是的，你为什么不这么做呢？收拾行李，和树语者到德里的丘陵上去生活。

---

1 Bidis，印度产的生卷烟。

我的房子将被神圣的无花果树环绕，而他会对无花果耳语，鼓励它们在四月中就开始成熟，十月再成熟一波。毕竟，他优雅、有趣且聪明。我正要打电话给我的男性友人告知我的新计划，但我看到树语者的目光一下转向了一位年轻美女，她穿着闪亮的迷你裙，刚来到派对上。我想了想，这确实不是个好主意。无论如何，我还是看到了我的另一种可能性——在德里的丘陵上抽着比迪烟。而且不止如此。在那场派对上，我第一次品尝了番石榴冰激凌。冰激凌还配有盐和辣椒粉，与英国风靡一时的酸甜口味有异曲同工之妙，还多了点儿类似海盐焦糖的滋味。番石榴冰激凌丝滑、绵密，有丰富的果肉，我吃了只感到飘飘欲仙。我发誓要学会做这个冰激凌，如果不是在我德里丘陵上的新家里，就是在我北伦敦的山顶公寓里。

派对上，一名杰出的瑞士女建筑师邀请我去参观她的房子。翌日晚，我前去赴约，注意到她一个人和两只猛犬、一组用人住在一起。她向我展示了她自己设计的时髦的家，每个房间里都巧妙地摆放着美丽的物件和织物。三盏曲线形的白色落地灯让我想起布莱顿[1]沙滩上的海鸥。其实，我更喜欢那些真实的、哀鸣的海鸥。当我们站在她那碧绿院子里的喷泉旁时，我在思考，拿掉富丽老宅花园里的喷泉，而换成河，这是否明智。我觉得这个决定是正确的。仿佛这汪死水是活水的平庸仿作。它单调重复的潺潺水声让我抓狂，好像在听什么人制造的蹩脚音乐。我真想关掉这喷泉。说来奇怪，对我而言，在她的房子里没有可以白日做梦的地方，没有隐秘的角落，没有一处未被驯服。或许这就是一个样板间。

她的佣人为她摆好餐桌，我们就在尴尬的沉默中吃起了晚饭。我没告诉她我梦想拥有一幢花园里种着石榴树的富丽老宅，也没提那个鸵鸟蛋形状的壁炉。她的厨

1　英国南部城市。

师竟然也做了番石榴冰激凌。我向这位厨师询问做法，她好心地为我讲了一遍，建筑师则负责把厨师的话从马拉地语翻译成英语。我解释说，我打算回英国后就自己尝试做这款冰激凌。招待我的主人十分惊讶我竟然没有私人厨师。“如果是那样，”她说，“你得带几盒番石榴回去。现在正当季。”

她召来她的司机，自己则站在院子里的喷泉旁，左手拽着一条猛犬的项圈，向我挥手道别。

我在网上值机，好确认我从孟买回英国的航班，结果发现航空公司不接受孟买作为我的出发机场。显然，孟买成了一个不明地点。印度最大的城市，独立战争的前线阵地，并不存在。这是否意味着金链花路上的甘地博物馆，那幢他住了十余年，用木石建造的房子也不存在？还有放在他床垫附近的两台纺车，它们也是幻象？我大概输入了十五遍MUMBAI，但航空公司就是不受理。

我放下笔记本电脑，起身走了走，透过无法打开的双层玻璃窗望着天空。与此同时，强劲的空调把我的房间变成了北极。要是我带了外套就好了。我焦虑地在酒店的米色地毯上踱步，随后又拿起我的笔记本电脑。我盯着屏幕，发现自己其实输入的是MOMBAI。在我的出生地南非，MUM即MOM，而我一直就是这么称呼母亲的。

妈买。

妈拜。

我无法接受她的死。

在孟买，我又在天空中看到了母亲的面容。云中显现出她的脸，我对她说："你好啊，妈妈。你在哪儿？你去了哪里？"

当我为母亲哭泣时，我并不知道自己在哭什么。或者说，我是在为母亲哭泣吗？我的母泣。她过世数年后，我所记得的并不是那个完整的女人，而是她的表情。她的眼睛和嘴巴。她独特的表情或许可称作沉思。在思考某件事。那么问题又来了:“为什么我看不见她的整副身躯?我的意思是,为什么看不见站立着的她。在我的记忆里,她总是坐着。确实,老了以后,她很多时间都是坐着的,因为她腿脚不便,因为她夜以继日地在 Kindle 上看书。尽管如此,我还是在想,我脑海中的她之所以总是坐着,或只剩一张脸,是不是因为我把她变小了;我把她缩小,仿佛我承受不了看到她昂首站立,站得比我还高。

我确实缩小了我的母亲。她的问题我一概不想触及。她的痛苦我也丝毫不想沾染。我不想像她一样。她中老年的生活在我看来完全暗淡无光。但无论如何,我依然深爱着她。我回头看才明白,她并没有义务向我展示她自己都无法感受或无法拥有的光亮。我想我之所以为此心怀怨恨,是因为我需要鼓励,哪怕只是几句安慰性的谎言:一切都会好的,一切都会好起来的。我并不认为我的母亲能做到心口不一。她其实并非一个迷失了的女性角色，毕竟，她存在主义式的悲观让她如此与众不同；只不过，她并不是我所渴望的那种充满母性的女性角色。母性到底意味着什么？如果它意味着给予安慰、保护、教育、培养、鼓励、谎言，在孩子经历人生的风浪时，充作保护伞，永远在那儿，那么对任何角色来说，这都是个艰难的任务。我所认识的许多没有孩子的女性，更擅于达成这些几乎不可能的要求。

*

在孟买的最后一夜，我都在悼念我的妈买。我打电话给瓦育道谢，还告诉她我改了印度首都的名字。她说："也不是第一次改名了。[1] 为什么孟买就不能是妈买呢？噢，对了，开心点儿，我知道今后三天里，你的好运会降临。"

---

1 1995 年之前，孟买的英文是 Bombay。

6 伦敦

LONDON

回北伦敦后，一如往常，我又经历了痛苦的倒时差，凌晨四点就醒来，很想吃我在孟买每天早晨都会吃的扁豆汤。我在我的伦敦厨房里自创了一款辣汤：一罐鹰嘴豆，加入大蒜、姜、玛莎拉调味粉，再加上从干瘪的姜黄根上磨出的粉。我将它们放入平底锅中，以纪念我和瓦育的谈话。很快，我的伦敦厨房就弥漫着香料加热后的温暖气味。我看着窗外深沉的天空，喝了一小碗汤。我又想起了我在孟买听到的故事。两位儒雅又世故的银行家告诉我，“有一个年轻女人帮他们打理房子”，这个年轻女人十七岁，她的母亲从放债人那里借了些钱，把她的姐姐嫁了出去。结果丈夫家暴，姐姐要逃跑。这两位银行家帮母亲还了钱，这就意味着她的二女儿，新娘的妹妹，这个十七岁的年轻女人得无偿为他们工作，直至还完银行家帮她们还贷款的钱。通过扫地、拖地和打扫厕所来帮助姐姐远离她丈夫的拳打脚踢，这样的姐妹情真是达到了新高度。

女儿醒来后，我跟她说了这件事。她觉得如果事情真到了那个地步，她肯定也会为她的姐姐挺身而出。待姐姐安全了，她就逃跑。她还问："不过早餐可以喝粥而不是麻辣鹰嘴豆汤吗？"说完，她就走进了卫生间，我听见她大喊："咱们的梳子去哪儿了？"一大早就大喊大叫着实有些过分，但我注意到她说的是*咱们的梳子*。我觉得我有自己的梳子，那是*我的*，而她也有自己的梳子，那是*她的*，但在这一刻，她找不到梳子了。或许是因为时差，或许是因为孟买发生的事，或许是因为秋末她就要离家去上大学了，我为*咱们的*梳子而深深感动，于是把我的梳子给了她，就像那也是她的一样。

我在印度期间，她都和她父亲一起住；在两个家之间往返，她确实很难把每一样东西都归置好。

在她占用浴室的一小时里，我给她做了一锅粥。她精心梳理完卷发，坐在桌边，用手指沾了点儿鹰嘴豆汤。她觉得在这样一个冬日，这温热的汤刚好能让身体暖和起来。没错，总之就是她此刻更想在一日之始吃点儿辣的，所以谢绝了我的粥。

她跪坐在椅子上，优雅地用勺子将汤送进涂了唇彩的嘴里，她觉得我真的应该给这种豆子汤配上印度抛饼或薄饼，这样她才有足够的能量去应对考前复习。此时八点。她问我把“咱们的门钥匙”放哪儿了，接着，她打翻了装橙汁的杯子，弄湿了一本我一直等着要看的重要的书。我告诉她，万一她沦落到不得不做家务来帮助姐姐脱离苦海的境地，她肯定立马就会被炒鱿鱼。她一把抄起书包，然后指着香蕉树，就好像不知怎的，那树也成了这场对话的一部分，就因为它是我的第三个孩子，又或者她的意思是让我和树聊聊，然后她就摔门而出，走向了污秽的、灰色的“爱之走廊”。

她走后，我看见她的门钥匙就躺在桌下。这让我想起了被遗留在中央公园那棵树上的钥匙。难道我女儿觉得她能穿墙进入咱们的公寓，或者她是在准备离开我的公寓，而落下钥匙表示她终于可以离开家了？我就让钥匙继续躺在桌下，然后把书放在暖气片上烤干，给香蕉树浇了水，它贪婪地吮吸着水分，不知餍足。或许有一天，它会变得像老虎一样稀有。那个倒时差的早上接下来发生的事就是邮件到了。在一堆账单中有一封来自美国的信。

打开信后（手指被姜黄染了色），我得知哥伦比亚大学给了我一个研究职位，工作地点在巴黎蒙帕纳斯。我将成为全新的“创意与想象研究所”首批十二名研究员中的一位。入职时间正好是秋天，我女儿要去上大学的时候，而我需要在巴黎驻守九个月。

那棵香蕉树怎么办?

我又看了看那封信，然后看了看我被姜黄染黄的手。

“早上好，瓦育祭司，”我和想象中的她对话，“我的好运刚刚降临了。”

仍有时差反应，从印度带回来的包还没收拾，现在梳子也没了，因为我女儿把我的梳子丢进了她的书包。我跳上我的电动自行车，骑向原来的写作间，想把这件事告诉原来的房东西莉亚。与此同时，我在思考，我该拿我的新写作间怎么办。我现在租着两间小屋，不过看起来，我很快就会成为这两间屋子里的幽灵。

西莉亚是我的守护天使，但她的翅膀再也不能让她飞起来。她八十多岁时患上中风，现在没法走路了。被迫要适应生活中新添的束缚，这让她精神低迷，但她的蓝眼睛仍目光犀利。她的小狗蜜薇刚做完手术，第二颗眼球也被摘掉了。西莉亚视力绝佳，但郁郁寡欢；蜜薇双目失明，但神气活现。

为了让她转变心情，我们决定让西莉亚不时给我大声朗读几页莉奥诺拉·卡林顿的中篇小说《魔角》。西莉亚和书中的女主人公年龄相仿，面对着许多相似的问题，倾听她朗读这部小说让我深受触动。卡林顿让她的老年主人公有尊严地活着，赋予了她们想象力、幽默感，以及一些关于房子的有趣想法。

> 房子实际上就是身体。我们将自己与墙壁、屋顶及各种物品相连，就像我们依靠肝脏、骨架、肉身和血流而活。我不是美人，不照镜子我也明了这个不争的事实。尽管如此，我依然死死抓住这副破败的骨架，仿佛它就是维纳斯的轻盈躯体。

对于卡林顿的两个女主人公来说，衰老带来的最糟糕的事就是不得不痛苦万分地舍弃独立。她们无法忍受那些掌控着她们生活的人悄声议论她们。因此，在卡林顿看来，拥有一个能将对手的私语听得一清二楚的助听号角，便能在某种程度上夺回主导权。

> ……想想别人以为你听不到，但你其实能听到，这能力真是激动人心。

这个故事是一趟狂野而超现实的愉悦旅程。玛丽安·莱瑟比（九十二岁）的朋友卡梅拉给了她一个助听号角。玛丽安给了卡梅拉一颗蛋作为回礼，但很不幸啊，蛋掉在地上，显然已经无可挽回。卡梅拉喜欢抽一种黑色的雪茄。“人啊，上到七十岁，下到七岁，只要不是猫，都非常不可靠。你再小心都不为过……”

与此同时，回到西莉亚的农场（农场是她令人不快的新的现实生活），两只真正的家养猫，月月和简——“她是柔软的那只。”西莉亚解释道，意思是简的毛发最柔软——晚上都睡在她脚边，但月月喜欢在凌晨挪动位置，趴到她胸口睡觉。这让护工很担忧，害怕猫会阻碍西莉亚呼吸。

“别他妈搞笑了，”西莉亚喊道，“简、月月和蜜薇就是我还没自杀的原因。”在这个意义上，西莉亚是在保护她岌岌可危的幸福，这也正是卡林顿的小说所暗示的必行之事。

这儿没人能让你快乐，你必须为自己的快乐负责。

在我还是个初出茅庐的作家时，我就认识了西莉亚·休伊特和她已故的丈夫——诗人阿德里安·米切尔，当时我还在各种期刊和杂志上发表诗歌和短篇小说。阿德里安不时会邀请我到他盛大的诗歌朗诵会上做暖场表演。如今，这么些年过去了，西莉亚每天都会问我的年纪，仿佛她就是无法相信我给出的答案。我再次告诉她我今年五十九岁，已经在向六十岁的海岸挥手。我直白地说，我怀疑自己能否接受迈入人生的另一片海滩。西莉亚说我别无选择，所以根本不存在接不接受的问题。她下定决心，花大价钱买了一副新眼镜，好让自己打起精神。镜框是用仿制玳瑁壳做的，和她的大拇指一样厚。她告诉我，试戴时，她从玳瑁镜框后向外窥看世界，想着，没错，我猜玳瑁就是这么做的。它从自己的壳里爬出来，凝视着这个世界，大喊："起立，尔等地球上的可怜人。"然后就缩回了自己的壳里。

最让西莉亚忧心的是蜜薇，眼盲的它没法在夜里爬上她的床和猫咪一起睡。她在 iPad 上搜索了一番，下单了一款木制小滑梯，可以固定在床边。如此一来，急性子的猎犬就能爬上床，和她还有做着梦的柔软小猫一起睡了。特大号的床，床边固定的滑梯，三只动物和一个凶悍老妇，这个画面毫无社会价值可言，但对我而言意义非凡。或许下次和电影公司高管开会时，我该提议创造一个西莉亚这样的女主角？

她招人喜欢吗？

*

西莉亚是我认识的人里少数几个十分忠于自我的人。她比我更忠于自我。她不取悦任何人，当然也就不符合父权制对老年妇女的要求：有耐心，自我牺牲，照顾每个人的需求，就算想自杀也要假装快乐。如果说老人理应避免给人添麻烦，但西莉亚偏就决定要惹尽麻烦。

麻烦就是如何过上富有创造力的老年生活。

西莉亚好友的儿子就住在她大房子的阁楼里。西莉亚免去了他的房租，作为回报，他就和护工一起帮忙照顾西莉亚。有时他感到负担过重，在得到西莉亚的许可后，他便邀请他最好的朋友从曼彻斯特前来帮忙。这两个年轻人都是二十四五岁的学生，他们让房子充满了欢乐的气氛，也容忍着西莉亚反复无常的情绪；他们烹煮创意料理，播放所有人都喜欢的音乐；他们在为学位而奋力学习的同时，还担负着重大的责任，其艰巨程度是所有照顾过老人的人都明白的。

有时我到西莉亚家听她朗读《魔角》，会看到其中一个男孩用一种奇怪的东西（像小葡萄干加意大利黑醋）腌制羊腿，对此，西莉亚引用《魔角》中的话评论道："我从不吃肉，因为我觉得为了如此难嚼的肉而剥夺动物的生命是不对的。"

我再次领悟到，在人生的所有阶段，我们都不必遵循生活的常规，尤其是在制定常规的人还不如我们有想象力的情况下。

这也是《魔角》的主旨。

西莉亚告诉我她会产生奇怪的幻觉，仿佛自己不在床上，而是在别处，我问她幻觉是否会带她去她渴望去的地方。"啊，没错，"她说，"我有时和阿德里安一起待在约克郡的房子里——那是我最喜欢的房子。那儿有一个壁炉、一条河，花园尽头还有一片树林。"我表示，如果这些幻觉能带她去到更好的地方，她就不必害怕。她本就该尽情享受约克郡的家庭时光，而且考虑到她总会回到现实，也就是说，她总归还是会因被困在再也无法行走的身体里而感到悲痛，甚至因此呵斥护工，那就更没什么好担心的了，唯一需要注意的是她对护工说话的语气。

“闭嘴。”她说。

“等我说完我的事儿。”

“那你说吧。”

当我告诉她去巴黎做研究员的事儿时，她假装没听见。于是，我穿过花园来到苹果树下我的老写作间。

“托托，我们回家了。家啊！”

——《绿野仙踪》(1939)

我在这个布满灰尘的小棚屋里写了三本书。在我需要的时候，它的宁静为我的创作提供了庇护。那时，我持续数年的婚姻触礁，我正努力不让自己崩溃。我知道当这个房子被挂牌出售时，自己有多么不愿与它分离。我的台式电脑还在那儿，立在阿德里安的写字台上，如今用白布盖着。我无来由地相信它很安全，我一生的心血都在那台小小的黑箱里——那个名叫“时光机”的外置硬盘，现在还插在这台巨大电脑的后部。当我的作家生涯变成一连串的巡回签售活动后，我被迫适应了便携式笔记本电脑的小屏幕。大屏幕属于另一种生活，一种更微小的生活，与家相连。小屋里还有许多文件夹，塞满了我的各式小说草稿，还有早年写的剧本的草稿，那是用蓝绿色的莱泰拉 32 打字机[1]打出来的。我很喜欢那台打字机，还有配套的便携盒子——我都不知道那盒子去哪儿了。写一部小说需要长时间地大力敲击键盘，有时这会让我的食指指尖磨出一小块老茧。就这一点而言，它确实是个工具，与大镰刀或锯子没什么两样；用它，就得使劲儿。它绝不可能

1　20 世纪 60 年代上市的打字机，为专业的写作者而设计，以其便携性和易用性著称。

带我在互联网的数字世界里冲浪，但我就是喜欢给它更换色带，然后听按键叩击纸张的声音。

在海量落满灰尘的文件夹里，有一个里面塞满了各种剧场演出和诗歌朗诵会的海报，我发现自己十八岁时曾和反精神病学家 R. D. 莱恩在老维克剧院一起读过我的几首诗。我对莱恩其人记不太清了，但我曾经非常羡慕他年仅二十八岁就出版了畅销书《分裂的自我：关于理智与疯狂的存在主义研究》。尽管当时的我年轻气盛、潇洒快活、充满希望，但我隐约明白，他所探索的关于人类意识、撕裂感、痛感与语言的奥秘，是我理解世界的最佳途径。

> 生活充满痛苦，或许唯一可以避免的痛苦，就是因竭力避免痛苦而生的痛苦。
>
> ——R. D. 莱恩《分裂的自我》(1960)

我在南非的童年时光大多消耗在竭力避免痛苦这件

事上。那是我不想知道的其中一件事。莱恩是对的：那真的会耗尽力气。能知道这一点很好，但我又想不出知道这一点又能如何。这就是为什么我觉得和男性友人在一起如此放松。可以说，他就是乐于无知，或许这是他赠予自己的礼物，而且总有一天会被他扔进垃圾箱。我在心里跟他打招呼，他大喊回应，“你找到伴儿了没?”，那一刻我意识到我很想念他。我想念的是什么？他的聪明（他并不承认自己聪明）和与之相伴的轻松感。我们老早前就一致同意：没有人全然愚蠢或全然聪明。我从苏黎世发信息告诉他，我回到了原来的写作间。他回信说，是时候往前走了，还问我为什么不在新写作间。

我还没告诉他巴黎的事。

我还在那堆文件夹里找到了自己二十多岁时的照片。我该把它们扔进垃圾桶吗？我的女儿们总是抱怨她们没有自己母亲年轻时的照片。或许我该留几张送给她们。情绪汹涌而至，没多久，我就迫不及待地离开了那里。回到主屋，西莉亚和两个非专业护工及一个专业护工正边吃爆米花，边看电视上的足球比赛。西莉亚似乎看得正投入。她今天不想朗读莉奥诺拉·卡林顿。“哦，对了，”她说，“如果你真要去法国做研究员，可要记得我还没有你的全套作品呢。”我答应下周带过来。她绷着脸，仿佛毫不在乎，然后补充道：“别忘了签名。”

我计划在房子被卖出之前再来一趟，好好清理清理小屋。“你来吧，”她说，“告诉你女儿，如果她要去英格兰东北方上学——那儿的人都很友善——她应该学几句泰恩赛德语。你的女儿一直都很出色，与众不同。”

7 家庭空间

DOMESTIC SPACE

山顶摇摇欲坠的公寓楼旁，雨安静、轻柔地落在停车场边的树上。那个秋天，帮女儿整理着行囊，我逐渐意识到漫长而艰难的为母之路进入了新的阶段。这个阶段似乎被行李箱填满，既有她的，也有我的。我们都将踏上一段新的旅程，去往下一个目的地，然而这也意味着，我将回到有孩子之前的人生。

我在想，是否有可能成为一个女族长式的人物，但不让身边所有人都被她的需求、自负、焦虑、坏脾气所裹挟。成为一个强大的女性，成为亲朋好友中的核心人物，不去隐藏自己的脆弱，也不会逢人就找麻烦，却只为博得关注与同情，这可行吗？我好像从未见过这样的女性。我当然不是这个“她”。将孩子庇护在羽翼之下，给以鼓励、守护、养育，而后放他们自由——我们如何能做到这样？或许，爱的背后都有隐秘的代价，那就是任其来去自由。不是父母给予了孩子自由，他们也无需向我们索求。他们自会离开，因为他们必须离开。他们不是我们的人质。不过我记得，我曾像是被迫一般，向母亲缴纳了一笔神秘的赎金，才为自己换来自由。如果她爱她的孩子，那孩子与她便是一体的，孩子的生命也正始于她的身体。能写下这样一句话，对我来说就已然是个谜了，更不用说去切身体会它的真实意味了。

然而，在我幻想的空中楼阁里，我的巢穴并非空空如也。

要说有什么不同，那就是墙面向外扩展了。我的房子更大了，有许多房间，微风轻拂每一扇窗，所有门都开着，大门也没锁。屋外，在我幻想的庭院里，蝴蝶落在紫罗兰花丛中，我的小划艇里全是人们留下的东西：一只凉鞋、一顶帽子、一本书、一张渔网。最近，我又给房子的窗户加上了浅绿色的木质百叶窗。我的男性友人建议我再加一个化粪池，但在当下这个节骨眼，和我的小女儿暂别已足够真实。

如今的我五十九岁，两个女儿都已摇身成为年轻女性，一个十八,一个二十四，我发现，我们之间的关系已然改变。或许我们都能看到，我们之间并没有那么多相似之处；我们是不同的，我们并不需要相同。这让我们变得没那么爱指责、爱挑刺了，也能在彼此的陪伴中收获快乐与启迪，而且显然，我们也都会惹怒对方。

我从我的孩子和她们的朋友那儿学到了很多。刚做母亲的那几年，我一直在学着变得耐心，学着顺从于她们的需求，修习这门功课缓慢而艰难。怎么可能不艰难呢？到了后来，不知怎的，我成了一个相当出色的厨师。我都不知道我的厨艺是如何突飞猛进的，但和丈夫分开后，我发现自己大部分时间都在为女儿和她们的女性朋友们做饭，听到她们在各色菜肴端上餐桌时发出“噢噢啊啊”的惊叹，我觉得很快乐，尽管她们在青春期里曾无数次（私下里和公开地）赌咒发誓要把自己饿成鬼。女孩们知道，给她们做饭并不是我的人生主业。其中几个女孩开始读我的书，她们上了大学后，甚至还会给我的书写书评。不过，为一群女孩做饭的时候，我是最开心的。那是一种意想不到的荣光，她们的快乐赋予我最纯粹的愉悦。她们甚至开玩笑说，我应该开一家咖啡馆，就起名“女孩与女人”，还承诺假期时会来帮忙。

“那么你们希望菜单上有什么前菜?”她们认为最适合“女孩与女人”的前菜莫过于“伏特加和香烟”。

一如往常，做饭时，我进入了一种我并不完全理解的角色。刚开始做母亲的那几年，我也有这种感觉。或许喂养这些女孩能带来一种政治愉悦，毕竟她们都经历过艰难的时刻。最重要的是，我喜欢她们的好胃口——是的，不仅是面对端上来的美食胃口大开，面对生活本身，她们也充满渴望。我想让她们汲取能量，去完成自己在这个世界上的全部使命，去应对这个世界抛给她们的一切挑战。正如我颇有皇家气派的朋友阿格尼丝所说，我为男性施加在女人和女孩身上的痛苦而暴怒。我确实时常愤怒，但生活得继续，我们不能被情绪打败。成为作家和私人厨师并非我人生的剧本，我从未设想自己会扮演这样的角色。我无比欣赏女孩的宝贵智慧，有时她们的精神既强大又脆弱，我觉得这没什么问题。

家庭空间，若它不是社会强行指派给女性的，若它不是父权制施加在我们身上的苦难，那它也可以成为充满力量的空间。挑战在于，让它能为妇女和儿童所用。事实上，那是家庭空间，抑或仅仅是生存空间呢？如果是生存空间，不该有人的生活会比其他人更重要、更有价值，不该有人占据大部分空间，也不该有人让自己的情绪污染每一个房间，或惊扰到其他任何人。在我看来，家庭空间是性别化的，而生存空间更具流动性。和异性恋情侣同坐一桌时，我再也不想感觉到女性不过是在借用空间。一旦那样，男性伴侣就成了房东，而女性倒成了他们的房客。

我女儿和我将同时从伦敦出发。她会在父亲和姐姐的帮助下，把几个巨大的行李箱抬上火车，然后三人一起驶往伦敦东北部的新城市。而我将带着一本小小的法语短语词典，乘坐欧洲之星前往巴黎。我突然发现，虽然对我影响至深的书都由法语写成，可我竟然对这门语言一窍不通，这感觉真的非常古怪。叫我汗颜的是，我如此轻易就忘了自己当初读的作品其实是翻译版，书中只有路名是法语——Rue La Fayette（法耶特街）、Rue du Faubourg Poissonnière（鱼市街），安德烈·布勒东[1]

1 André Breton（1896—1966），法国诗人、评论家，超现实主义创始人之一。下文中的“娜嘉”出自布勒东的代表作《娜嘉》。

和他那身着黑红色衣服的虚构爱人娜嘉，就是在鱼市街街角的酒吧中相见的（我仍记得十几岁时读过的内容）。

因为两个女儿不时需要回家，所以我没法出租我的公寓，于是我问加布里埃拉——一个需要赚外快的学生——是否愿意帮我收收邮件，给植物浇浇水。尤其要关照我的香蕉树。我们谈好了价格，我就把钥匙交给了她。

我的小女儿和我都为即将开始的新生活而感到紧张、激动。巴什拉指出，巢穴是个脆弱的结构，却被用来象征稳定。我们即将开始构筑新巢，我的女儿已经打包好了烤面包机、水壶、煎锅和三只新靠垫，来打造她离家后的第一个小窝。奔赴新生活的前夜，我做了一顿大餐。一众好友围坐桌边，包括加布里埃拉，外加比到场客人还要多的酒。那晚我们都没睡好。我能听见女儿凌晨三点和朋友在 Skype 上低声聊天，而我在听朱丽叶·格雷科的歌学法语。

Je suis comme je suis.

Parlez-moi d'amour[1]

最后一样我放进女儿手中的物件，是一把新发梳。她笑了，用梳子指着香蕉树。

“我希望加布里埃拉别忘了给你的三娃浇水。”

1　意为“我就是我。请跟我聊聊爱情”。

8 巴黎

PARIS

说到底，每个人，具体点儿说是每个写作的人，都会想要活在自己的内心里，如此才能讲述自己的内心。这就是为什么作家需要拥有两个国家，一个是他们的祖国，一个是他们真正生活的地方。

——格特鲁德·斯泰因[1]《法国巴黎》(1940)

有一个人在阿贝斯地铁站附近卖粉玫瑰，售价五欧元。他看上去饥肠辘辘、穷困潦倒，于是我从他手里买了一束花。等我把玫瑰拿回位于蒙马特的新公寓

1 Gertrude Stein（1874—1946），美国小说家、诗人、剧作家、理论家、收藏家。

时，我才发现花茎长短不一；有几枝花太短了，短得都没法插进杯子。他肯定是匆匆忙忙将花摘来，或许就是在公园里摘的。他用交通路线图包裹花束，起始站为蓬图瓦兹的 C1 黄色地铁线就在路线图左上角。一些花瓣掉落，粘在地图上，就像一首诗。可能出自波德莱尔的《恶之花》。我用一根大头针把花瓣钉在路线图上（雷恩站和田园圣母院站[1]），然后用蓝丁胶把图粘在墙上。这些地铁站都离卢森堡公园不远，那里就有一个玫瑰园。

> 当你手拈一朵花，认真看着它，那一刻，花便是你的世界。我想将那个世界带给其他人。

那个卖花人将他的世界的一部分给了我。它们是野生玫瑰，不会在我的审视下凝滞自身；它们在呼吸，仿

1　这两站位于巴黎地铁 12 号线上，前文所说的 C1 线属于巴黎的区域快铁。

若仍有生命，杂乱、流离。这些玫瑰和无家可归的人一样，整夜在地铁上游荡，民族站、玛丽桥站、巴士底站、米拉波站。与此同时，在我空中楼阁的石墙上，花开开合合，颤抖着，拓展着，生长着。而我新公寓的书架上则躺着让·热内（让-保罗·萨特称他为“窃贼诗人”）的小说：《鲜花圣母》(*Notre-Dame des Fleurs*)、《玫瑰奇迹》(*Miracle de la rose*)、《小偷日记》(*Journal du voleur*)。在这些作品中，监狱中最刚强的硬汉，也被热内视作如花般柔弱、性感。

鲜花与罪犯关系密切。

从我的新公寓到圣心堂只需走上五分钟。如此说来，它就是我伦敦公寓的翻版，因为它也在山丘上的公寓楼里，这栋楼也曾富丽堂皇，但不复往日风采。这里没有阴郁的“爱之廊”，有的是可爱的环形木制楼梯，蜿蜒直上四楼。我整理行李箱时，圣心堂的钟声响了起来。庭院里的一棵冷杉在前厅投下一片阴影。它在吞食日光。我不确定种常青树是不是个好主意，毕竟阳光会被它永远吞噬。或许天气晴好的时候，我可以在它宽大的树枝投下的阴影里写作。这就意味着我得买一张可折叠的便携桌（就像一朵花），这样我才能把它搬下旋转楼梯。就是因为这个楼梯，要把我巨大的行李箱搬上楼可谓困难重重，但门房帮了我一把。他不热情也不冷淡，我想他内心应该就处在不冷不热的情绪中，我觉得这没什么问题。他告诉我，如果想使用公共洗衣机，我可以在他那儿用三欧元换一枚洗衣币。两台洗衣机放在花园的混凝土地堡里，要进入那里，我还需要密码。所以，他向我解释道，如果我想洗衣服，我就得带着脏衣服穿过花园，进入洗衣房，公寓里还有专门用来晾晒衣物的塑料架。进入公寓楼大门，我也需要密码。我迅速用密码编了一首押韵的打油诗，这样我就永远不会在夜深人静时被锁在外面了。这首短诗非常下流，我很遗憾不能即刻和女儿们分享。后来，我给她们朗读了这首诗。从此以后，她们每次来看我，都会想起这诗。

门房对照清单一一检查了公寓里的物品（我已付过押金）：两只杯子、两把刀、两把叉子、一只蒸煮锅和一块案板。卧室里有一张写字台、一把椅子和两张单人床，却没有旁边硕大的浴室宽敞。浴室里没有浴缸，只有一个小淋浴间和巨大的窗户，窗外是巴黎全景。其实并没有多少东西需要清点，但核对清单还是花了很长时间。门房坐在写字台边那把仅有的椅子上，而我由于实在没别的地方可坐，只能坐在木地板上。他盯着光秃秃的墙（上面只有我的交通路线图和玫瑰花瓣），圆珠笔停在手中，仿佛某个重要家具被遗漏了——也许是一张沙发、一张桌子，抑或更多的椅子？我能听见楼下，就是我脚下的公寓里传来呼呼作响的电锯声。啊，他说，对了，他忘记写上塑料晾衣架了。终于核查完了。他走后，我把两张单人床推到一起，打开行李箱，拿出姜黄色真丝床单、羽绒被和枕头套，开始打造我的夜间宝榻。我扫视了一遍空荡荡的公寓。这就是空巢的样子了。荒凉。还是说它只是太整洁、太明亮、太宽敞了？早在 1949 年创作《第二性》时，西蒙娜·德·波伏瓦就认定，女性必须将自己从与家庭和孩子捆绑的生活中解放出来。

> 家务劳动的重担落在了她们的肩上，因为她们与母性关怀并不冲突，她由此被囚禁在无所不在、无休无止的家务监牢中；日复一日做同样的家务，数世纪以来几乎毫无变化；家务无法创造任何新事物。

尽管如此，我还是不听波伏瓦的劝告，而是找到一家当地的“不二价”商店，囤了些盘子和餐具。我很迷信地认为，若一个家没有最基本的器具，那就无法将新朋友召集到餐桌旁。前往阿贝斯路的途中，我被一家鞋店吸引了。橱窗里陈列着人们过去所说的“土风芭蕾舞鞋”，低跟，脚背处有根细带，或许是参考踢踏舞鞋设计的。这样的鞋在伦敦很少见，所以我买了两双，一双黑色，一双灰绿色。接着，我去了鞋店对面的咖啡馆，点了一碗洋葱汤和一杯红酒，坐在露台上看人来人往。到本地“不二价”商店为我的巴黎公寓添置物件的居家念头此时消散无踪。门房告诉我商店就在皮加勒区的山脚下，我知道法国超现实主义运动的领导者安德烈·布勒东就曾住在那一片。既然如今你已经有了新的芭蕾舞鞋，为何不先别忙着打造另一个家，而是缓一缓，尝试进入另一种角色呢？毕竟，我以前可从没买过灰绿色的鞋。或许我被凯瑟琳·曼斯菲尔德“附体”了，我想象得出她穿绿鞋子的模样：

> 难道你不想尝试各式各样的生活吗？——一个人太过渺小——可写作的妙处正是，一个人可以扮演许多人。
>
> ——《凯瑟琳·曼斯菲尔德书信集，1984—1996》

总的来说，我觉得自己更像阿波利奈尔，而不是曼斯菲尔德。阿波利奈尔就像我的兄弟，因为我既爱他，也会笑话他。他也在蒙马特尔区住过，毕加索也是；毕加索曾开玩笑说阿波利奈尔是教皇的私生子。我又看了一眼鞋盒里的芭蕾舞鞋，稍稍有些紧张。我可以扮演灰绿色系的女性角色吗？这独特的颜色让我想起二十六岁时租的房子，其中一个房客以制作独木舟为生，他总是把船桨涂成这种灰绿色。那时，我在为皇家莎士比亚剧团写一个剧本。锅炉房是整栋房子里唯一暖和的屋子，我就在那儿支了张桌子写作。那位造船工需要在温暖的锅炉房里晾干船桨上的湿漆，但我桌子摆放的位置妨碍到了他。最终，我们想出了一个方案：他把未上漆的桨柄架在我脚踝上方，桨板则在远离我脚的地方晾干。我就是在那样的环境下完成了我承接的第一个重要写作项目。

我又想起十七岁时，我在“谢莉”[1]买了我的第一双

---

1 全称 Shellys London，英国知名鞋店，20 世纪 70—80 年代推出了一系列带有典型亚文化风格的鞋品。

鞋——“妓院软底鞋”[1]，也被称为“不良少年鞋”。我穿着第一双自己买的鞋走在大街上，感觉自己就像文了文身一样与众不同，以后注定过上意义非凡的人生。这不是真正意义上的尖头皮鞋，豹纹鞋舌（V形）外是一圈五厘米厚的黑色绉胶底。光脚穿这双鞋，犹如在云端行走。我的软底鞋是美与真，是天才降世，我大可穿着它们听摇滚乐、跳爵士舞——不过这不是重点。它们是让我远离郊区生活的车票，是指引我逃离“女性就该如何如何”之类论调的安全出口标志。它们的尖头敲打出反抗的节奏。这种鞋，我的父亲决不会穿，我的母亲也决不会穿，事实上许多女孩都不会穿，但穿上它们的女孩总是美丽动人。

土风芭蕾舞鞋给人的感觉全然两样。不好的方面是，这鞋会让我联想到那些渴望成为男性艺术家眼中缪斯的女人。好的方面是，它们也像歌舞杂耍表演中舞者

---

1 流行于20世纪50年代的绒面革厚软底鞋，源于“二战”时英国士兵在北非沙漠地带穿的一种舒适硬底鞋，因许多士兵退役后常穿着该鞋逛妓院而得名。

所穿的鞋。这种鞋和运动鞋截然相反——完全不酷。但问题是，我爱它们。是的，我会光脚穿起它们，想看看它们小小的鞋跟轻叩在巴黎的鹅卵石街面上会发生什么。而根据二十世纪六十年代学生抗议者的涂鸦，鹅卵石街面下是一片沙滩。Sous les pavés, la plage![1]

沙滩代表着一个不单属于资本主义的未来。一个新世界就躺在旧世界之下。如今，距离人们叫响那句口号，已过去近六十年，沙滩遍布塑料和垃圾、污水和油污。我正在读保罗·艾吕雅[2]的法语诗，尝试学习这门语言。他有一句诗让我着迷，虽然通常认为那句诗是他所作，但我想那也很可能是他从里尔克那里学来的："另有一个世界，但彼世界隐于此世界中。"如果世界生态正在衰亡，但另有一个世界藏于其中，那么，或许我会把我的手印按在7-11便利店、家乐

1 意为"铺路石下面，就是沙滩！"，此句为1968年巴黎"五月风暴"的口号。

2 Paul Éluard（1895—1952），法国著名超现实主义诗人。

福、英特超市的墙上，留待另一个世界的人类学家去研究。

*

纯粹是徒增烦恼，在巴黎街头闲逛时，我想到了1988年的东柏林，那也是我的小说《见证一切的男人》的故事背景地。共产主义是我们对这个世界最后的宏大愿景吗？这本书里不会有沙滩，但有湖；会有一个守卫藏在树林里偷看两个男人裸泳，他们渴望彼此，气氛焦灼。这三个男人，他们梦想中的世界是怎样的？

与此同时，我告诉自己："你在伦敦有一间塞得满满当当的公寓，那在巴黎为什么不能有一间空无一物的公寓呢？"终于走回家，输入大门密码（我用一些下流的英语单词写了首打油诗）时，我为自己能在唯一的锅里烧水，用唯二的杯子中的一只喝咖啡而感到开心。我坐在窗台上，眺望远处圣母院的哥特式尖顶。

*

我发现呼呼作响的电锯声来自住在我楼下的一个女人。她是个二十多岁的雕刻家，电锯是她用来预切割大理石、有机玻璃和石头的工具。预切割完成，她会使用其他工具来雕、凿、刮这些原材料。这些工具发出的可不是呼呼声，而是叮呤哐啷声。我瞥见她在自己一楼公寓的前厅里工作。她支起一张桌子，护目镜上落了灰，棕色的臂膀上肱二头肌在跳动。有人投诉她大半夜还使用电锯，但我感觉还好。艺术灵感何时到来，难以预料。若凌晨两点，我的笔记本电脑也发出她的机器那样的响声，我可能也会被投诉。

在本地的一家咖啡馆碰见那位半夜不睡、挥舞电锯的艺术家时，我注意到她正在阅读玛格丽特·杜拉斯的《印度之歌》。这个电影剧本里最古怪的台词就是一个女人（安娜–玛丽·斯特莱特）所说的："对我而言……有一段时间……有一种痛苦……一直与音乐相连。"

或许音乐就是如此。音乐若不让人触痛，那还有何意义？

去往蒙帕纳斯（我的研究所驻地）的路上，我会在中途稍歇，到拉马克—科兰古地铁站附近的“梦中”咖啡馆喝一杯咖啡。它破碎的蓝色霓虹灯牌——**梦中**——如流星一般，整日闪耀。我会穿着我的新土风芭蕾舞鞋，一步步走下鹅卵石路，经过总是被游客包围的歌手黛莉达的铜像。显然，摸她的胸会带来好运，所以总有一只伸长的手在抚摸她的乳头。她的其中一只乳房由于被反复抚摸，显得格外锃亮，就像被人崇奉的宗教圣物。坐在“梦中”的室外，我继续读保罗·艾吕雅的法语诗。我一直在和这门语言搏斗，重读我对他某些诗句的翻译时，我简直难以置信——并非惊讶于他的诗，而是惊讶于我对法语的理解竟如此肤浅……难道真的是“我凝视的黑暗之心”？窗户“深处”暗影“浮动”？能有闲暇在“梦中”破碎的蓝色霓虹迷梦中思考这些事，实在美妙。

我的新同事是一群令人激动的知识分子，爱争论的同时还热情友善。他们来自世界各地（中国、马来西亚、美国、印度、尼日利亚、法国），这意味着我身处的研究所是个比巴黎更广博的世界。但无论如何，光之城都是魅力十足的东道主，既现代又传统。就因为她自信到不必时时微笑，我爱上了她。但就算我爱上了她，她也完全无视我的存在。有一位同事在蒙帕纳斯大道上租了一间公寓，就在多摩咖啡馆后面。他说公寓套房在一家面包房楼上，那家店凌晨三点就开始烤面包了。因此，随着面包的香气在烤炉里氤氲，他后半夜就被唤醒了。这本该是乐事一件，但他说现实并不如听上去那般美好。每天早晨，烘焙可颂和法棍散发出的气味塞满了他的鼻腔、口腔和喉咙，让他窒息。到了凌晨四点，各式糕点馅料的甜味并没让他沉醉，而是让他如溺水一般，尤其是制作柠檬挞的百香果酱和柠檬酱——我的同事告诉我，这种柠檬挞吃起来肯定涩涩的，但还不至于难以下咽。他问，你知道最好的柠檬产自芒通[1]吗？仿佛住在面包房楼上让他收获了奇特的知识。最终，在甜腻的气味中，他如一只吃饱喝足的黄蜂，昏昏睡去，得以补眠。奇怪的是，经历过这一切，巴黎的各式蛋糕依然能勾起他的食欲。这位特别的同事比我小二十岁，是绝佳的伙伴。在所有的艺术中，生活的艺术或许是最重要的，他就尤其精于这门艺术。在我迈向六十岁的途中，我想他可以为我指点一二。

在前往蒙帕纳斯公墓瞻仰西蒙娜·德·波伏瓦坟墓——她和萨特的合葬墓——的路上，有一件事一直萦绕在我脑海中。就算死去，他们也将永远交缠。砂石做的坟墓十分简朴，上面满是层层叠叠的口红印。就此而言，这是一座仿佛被幽灵疯狂亲吻过的坟墓，而我在

---

1 法国东南部城市。

想，这些热烈的嘴唇到底是在追寻萨特还是波伏瓦？我本以为这些唇印历经风吹日晒难免会残损不堪，但或许如此状态正适合用来赞美这两位伟大法国哲学家的开放关系与相知相伴。

我正在读波伏瓦的《筋疲力尽的女人》，此书最初由伽利玛出版社于1969年出版，这意味着，她在写这本小说集中的第一个长故事时大概六十岁——《懂事年龄》[1]。它讲述了一个女人的衰老，整个故事就是对消逝的青春之光的高声呼唤。女性叙述者相守多年的丈夫/伴侣，和一个在叙述者看来智商低下、远不能与自己的伟大头脑相比拟的女人开始了一段地下情。她丈夫的头发已经花白。故事拉开序幕时，他们都已变得只专注于自己的内心。性事对两人来说有点儿索然无味，但他们的思想依然能碰撞出火花。两人相敬如宾。“我希望你

1　*L'Âge de discretion*，这本小说集中的三个短篇之一。

的工作进展顺利。”他对她说，但她的工作日并不好过，因为她正为他的不忠而恼怒。《懂事年龄》其实就是一出肥皂剧，或许还是一出存在主义肥皂剧，但没有飙车或者街头醉酒斗殴的桥段。她使尽浑身解数维持自己的高贵（女王陛下，他的女王），而他则在为欲望奔忙，试图越轨。

看到萨特四处眉目传情，波伏瓦在探索自己的感受，同时也在论证自己的观点：比起男人，女人更容易因为爱而让生活陷入动荡不安。在她看来，这是因为男人对女人的爱，并非其自身价值的来源。我再也无意在自己的写作中探索这样的动态关系，我看不出女人能从中收获什么乐趣。

看着萨特与波伏瓦合葬在覆满唇印的坟墓中，我突然想到了路易莎·梅·奥尔科特——作家、女性主义者、废奴主义者。在奥尔科特最著名的小说《小妇人》中，年轻作家乔·马奇嫁给了从德国移民而来的老教授，但奥尔科特本人和波伏瓦一样没有结婚。“对我们中的许多人来说，自由是比爱情更好的丈夫。”她在1868年的日记中这样写道。我一直对日记颇感兴趣。在我看来，日记里潜藏着一位影子写手。她努力搜求自己最真实的思想，眼见自己如影子一般在书页上被拉长，长于她的真实身高。苏珊·桑塔格的日记同样展现了一个已经准备好要将脚放入马镫、骑上高头大马的女人，她的脑子里有着怎样一些天马行空的想法啊！二十四岁时，她写道：“婚姻让我承受了丧失部分个性的痛——起初，这种丧失愉悦、轻松；如今，它让我疼痛，并且激发我的本性，让我产生了前所未有的强烈不满。”

路易莎·梅·奥尔科特写《小妇人》那年正独居在波士顿。1868年新年，她写道：“我在自己的小房间里度过了忙碌、快乐的日子，因为我拥有宁静、自由、充实的工作，以及完成工作的饱满精神。”《小妇人》出版后，她为自己协商版税，并保留了版权。波伏瓦，这位激情的存在主义知识分子，年轻时也读《小妇人》。似乎她和我们一样，也需要一些激励。

波伏瓦在去索邦大学学习哲学，与莫里斯·梅洛-庞蒂、克洛德·列维-斯特劳斯等人交往前，竟然也与梅格、艾美、乔、贝思这美国四姐妹，以及她们那位虔诚、矫揉造作但充满朝气的妈妈（需要特别指出，她是一家之主）一起厮混，一想到这，我就想大笑。

许多足智多谋、富于想象力的现代女性都是一家之主。她们是人们口中的“单亲妈妈”，承受着父权制对她们掌握家庭大权的全部敌意。男性摧毁女性想象力与能力的最后一击，便是指控她是导致自己阳痿的罪魁祸首。毕竟，要是她能创造出另一种形式的家庭，那她也能创造出另一种世界秩序。

我乐意邀请她们所有人到“女孩与女人”来享用前菜（伏特加和香烟），但前提是我的助手们可以抽出空来，别总是坐在对方的大腿上编辫子、欣赏彼此的新耳饰。我们凑在一起，可以为四姐妹的妈妈想出一道健康一些的前菜，但你永远不知道一个女人真正想要的是什么，因为总是有人告诉她，她自己想要什么。

与此同时，我还在读伊丽莎白·哈德威克的《无眠之夜》。她是一位令人惊艳的作家，但我为她笔下的女人忧心——她们被人遗忘，只能“在她们可怖的自由中游荡，宛若被遗弃的老牛，完全断了生计”。

可怖的自由降临前，发生了什么？被遗忘的老牛又是谁？她们是单身、失恋、丧偶或离异的女人吗？在我的人生中，还没有任何事曾让我认为自由是可怖的。如萨特所说（他被密密麻麻的亲吻淹没在坟墓中），我们也可以自由体验自由的后果。哈！没错，我无以为生，但我从没指望别人替我把面包端上餐桌。在我看来，问题在于《无眠之夜》的女性叙述者需要一个男人来赐予她荣誉，甚或是确证她的存在。让波伏瓦感兴趣的恰是这样一种动态关系，可它如今却让我厌烦。把老牛换成乔治·佩雷克的兔子，真是让人倍感轻松。我（又）在翻阅佩雷克的《空间物种》，欣赏他如何将自己似有若无的抑郁应用于创作。佩雷克的书探索了空间日常的使用和栖居方式。在我看来尤为有趣的，就是他强迫症似的清单。

尝试清点我在一九七四这一年狼吞虎咽吃下的液体与固体食物

……五只兔子，两只兔子炖着吃，一只兔子做成兔肉面，一只兔子用奶油烩制，三只兔子配以黄油芥末酱，一只兔子做成煨兔肉，一只兔子拌龙蒿，一只兔子用奶油和蘑菇来熬煮，三只兔子配李子。

他还喜欢吃奶酪：

七十五块奶酪，一块绵羊奶酪，两块意大利奶酪，一块奥弗涅奶酪，一块法式软奶酪，两块布里亚-萨瓦兰奶酪，十一块布里干酪，一块卡贝库羊奶酪，四块山羊奶酪，两块沙维尼奥尔山羊奶酪，八块卡芒贝尔奶酪，十五块康塔尔奶酪……

“这份清单，”佩雷克写道，“让读者可以间接了解我的日常生活，是一个可用于谈论我的工作、历史及我所关注的问题的视角，是捕捉某种与我的体验相关的事物的尝试，而且并非追寻它遥远的影子，而是在它出现时便抓住它。”

初到巴黎，我也很想去尝尝曾让他大快朵颐的几款奶酪。达利必然是因为看到了湿软的卡芒贝尔奶酪，才灵感迸发，画出了《记忆的永恒》中那融化的时钟。布里亚-萨瓦兰奶酪又是什么呢？我发现其名源于律师兼政客让·安泰尔姆·布里亚-萨瓦兰（1755—1826），他也是位知名美食家，还写过一本妙趣横生的书——《味道生理学》。

没有奶酪的甜点犹如独眼美人。

本以为他或许就是我的“真命天子”，但我后来发现他在 1793 年逃离了法国大革命，还信奉死刑，推崇生酮饮食。以他名字命名的湿软奶酪由三层奶油制成，表面有一层天然的雪白粉衣，绝对是拥有一双明眸的美人。还有巨乳。或许围裙口袋里还装着一把弹弓。

生活开始朝着好的方向发展。蓬勃的想象力、布里亚–萨瓦兰奶酪、乍现的灵感、法国国家图书馆、约瑟芬·贝克公共泳池、充足的钱财、聪慧的伙伴、令人赞叹的爵士电台广播，还有在塞纳河畔读安妮·埃尔诺的作品，这一切意味着巨大的转变，而在此之前的数年，我都在摇摇欲坠的山顶公寓楼里苦苦维系着我的家庭。

我位于蒙马特尔的空巢的确是我两个写作间的翻版，只不过我可以在里面做饭、睡觉。我彻夜创作我的新小说，而楼下的雕刻家则彻夜开动电锯。当我越来越清楚地认识到，《见证一切的男人》中的男主人公将同时生活在不同的时间点时，我才发现，在一部文学作品中，要让时间消融，技术上得有多么难以实现。我得在所有时区中写作。

> 去工作就能永生不灭地活着。
>
> ——里尔克

我正在创作的男性角色确实是在努力寻找永生之法。他没有时间了。在他剩下的生命中，历史上与个人生活中的幽灵通通跑出来作祟。他本人则会在书完结后的三秒钟内变成幽灵。我人生的幽暗处也有幽灵：童年、非洲、爱、孤寂、衰老、母亲，以及我房地产投资组合中的所有空中楼阁。

*

与此同时，我正在摸索如何在车流中穿行，跨越蒙帕纳斯大道的三条车道，小心躲避正时兴的电动踏板车。人们在人行道上骑得飞快，在车道上反而骑得慢慢悠悠。勒皮克街和阿贝斯街拐角处的鱼店里陈列着壮观的贝类，我花了很长一段时间注视着它们，比我看卢浮宫墙上的艺术品的时间还要长。一位热心路人注意到我对大对虾、圣雅克扇贝、牡蛎、贻贝、竹蛏和海胆投去的目光，他用英语对我说道："今晚，它们将在你面前宽衣解带。"圣雅克扇贝在我面前宽衣解带，我十分喜欢这个想法。我回答："我会把灯光调暗，给它勇气。"鱼被铺放在碎冰堆上（犹如绿宝石被放置在丝缎衬垫上），闪亮，饱满，眼放光芒。神圣的小鳕鱼，不同于常见的鳕鱼，绰号"朱利安娜"，它还有两个变异亚种——绿青鳕和青鳕。现在，一提到虹鳟，我就会想到它的法语名——truite arc-en-ciel。那晚，三种贝类确实在我面前宽衣解带了。或者说，我厚着脸皮地扒光了它们。它们散发着大海的气息，活色生香。这是一次"三人行"，因为我为同事们做了此前从未做过的马赛鱼汤。

他们都坐在地板上喝鱼汤，因为我一把椅子都还没买。我还邀请了挥舞电锯的雕刻家参加我们的聚会。

结果，她对贝类过敏，但她用面包捏出了几个小人偶。她用双手揉搓面团，然后掐掐扭扭，等到这些小雕像尽善尽美了，她就一口吃掉了它们。

当我终于抽出时间去一家本地商店买四把椅子时，我又碰到了那个曾预言贝类会为我宽衣解带的男人。他正在买胡椒研磨器。“你瞧，”他说，“我们必须向让我们相遇的椅子致敬。所有人都来到城堡大门口，按响门铃，以庆贺我们命中注定的相会。”他好心提出要帮我搬两把椅子回家，我们双臂勾着椅子，沿着鹅卵石路往下走，过了一会儿，他坚持要在一家咖啡馆停下喝杯茴香酒。他的胡椒研磨瓶由我拿着。

原来我命定的约会对象是一位七十岁的老人。他裹着一条红围巾，用烟嘴抽着香烟。茴香酒端上来后，他告诉我，他曾向一位和善的医生坦白他对性爱已经毫无兴趣。医生建议他去找一个关心他的人，同时还强调，他必须先找一个女人做爱，好在遇见“真命天女”之前练习练习。于是，他接受了医生的建议，照他说的做了。他和一个妓女练习过三次，接着他就找到了真命天女。他的新伴侣——他称之为他的“火焰”——比他小三十岁。

那她现在在哪儿呢？

“她在学探戈。”他说，“她偏爱阿根廷探戈。比起其他形式的探戈，阿根廷探戈有更多自由发挥的空间，而且跳的时候，两个舞伴需要紧紧相拥。”

他告诉我，此刻他的“火焰”正在用脚趾轻点舞伴的脊背，而他却想邀请我品尝朗姆巴巴。看来，这种用朗姆酒浸泡过的香味扑鼻的海绵蛋糕，又重新杀回了法国美食界。我们在露台面对面坐着，我买的椅子全堆在商店门口。他身体前倾，我们的鼻子几乎要碰到一起，然后他开始低声说着他是如何发现热朗姆酒会像伟哥一样让他身体起反应的。没错，他说，吃下一个朗姆巴巴，世界上的一切都会再次勃发，不只是他的阴茎——他称之为他的“美洲豹”——还有自由和平等，以及折翼的鸟；即使是萨特和加缪之间变质的友情也有可能升华为甜蜜的协奏曲，只要他们共享朗姆巴巴。我谢绝了他的朗姆巴巴后，他突然指着我灰绿色的土风芭蕾舞鞋。

“我赞美这双鞋，”他说道，对着鞋尖挥舞着他的烟嘴，“你一看就是可以成为我第二簇‘火焰’的女人。”我们把椅子搬到了山上我的公寓楼前，之后我坚持让他把椅子放在大门外的人行道上就好。

当我把他的胡椒研磨器还给他的时候，他悲痛地看着它，耸了耸肩，仿佛那是一节截断的阴茎。

几周后，我在一场音乐会的中场休息时间碰到了他以及与他共跳探戈舞的“火焰”，她告诉我她男朋友吃了勃起药（伟哥还是朗姆巴巴？）后，“美洲豹”硬挺得过分，他不得不拿它敲冰箱门，好让它冷静下来。

我再也没穿过那双灰绿色的土风芭蕾舞鞋。

不过，我确实开始思考“美洲豹”为何可以代表如此多的事物：车、动物、阴茎。我把这个思考记了下来，作为《见证一切的男人》的灵感素材，并且，我在想“美洲豹”是否也可以是恐惧的形状。每当一个名叫露娜的人物感觉焦虑，或以为身处共产主义东柏林的自己正被斯塔西[1]跟踪，她都深信有几只美洲豹正在城市里徘徊。顺着这个点子继续探索，如何？为什么不试着去理解人类天马行空、古里古怪的思维方式？我就乐于接纳这个想法。

*

现在，我的桌边有四把椅子，六个盘子叠放在柜子

1 德意志民主共和国的国家安全机构。

上，厨房抽屉里有六套刀叉，橱柜里有八只酒杯和一个木质沙拉碗。十一月，我的女儿们来看我，这是我们头一次分开三个月之久。我们在地铁上你一言我一语，聊得火热，以致坐过了站。见到我成年的孩子们真让人开心，她们在世上都有各自要做的事，没有人心情不快。我把床让给她们睡，自己拿了张床垫，睡在客厅地板上。她们主动提出睡床垫，但也知道我喜欢清早起来做咖啡、写作。是的，我们都逐渐懂得彼此是怎样的人了。

我在巴尔贝斯大道附近的一家商店里买了三件带兜帽的北非长袍作为睡袍。两件粉色，一件蓝色。我的小女儿穿了蓝色那件，然后唱起了泰勒·斯威夫特的歌，她的姐姐则在一旁用她的 iPhone 摄像。她们问我六十岁生日想要什么。我告诉她们，我特别想做我在孟买吃过的番石榴冰激凌，对我而言，冰激凌机这种"黑科技"就能让我兴奋不已。等我终于弄懂了冰激凌机，我们可以探讨一下是否要把番石榴冰激凌加入"女孩与女人”的菜单。她们问我是否有食谱。我拿出我从印度之行的笔记本上撕下来的一页纸，然后把上面的内容大声念给她们听。“是的，”我说，“我们要给番石榴削皮，然后将果肉碾碎、搅拌，最后蘸着辣椒碎和盐，吃下这独特的冰激凌。”她们穿着兜帽长袍，盯着我。大女儿说：“别忘了巧克力冰激凌也很不错哦。”

巴黎逐渐变凉，冬日将临。刺骨的风吹过塞纳河。我的男性友人来看望我，很想见识下我的空巢。作为认识多年的老友，他知道这是我自三十四岁以来，第一次住在没有小孩的家里。我告诉他，我的伦敦公寓里全是行李箱，大多都堆在我大女儿象征性的小房间里（她现在住在离家很远的地方），每次看到这个房间成了储藏室，我都很失落。随着我的小女儿辗转于学校与伦敦的公寓，以及我辗转于巴黎和伦敦，那个家现在变得就像一家箱包店。“好吧，”他说，“那你会期望它是另一番模样吗？”我告诉他，我渴望拥有一个房子，而山上摇摇欲坠的公寓楼对我而言只是栖木，我现在想打造一个不一样的家。

“但是，恕我直言，”他说，“如果大部分时间都是你一个人住在伦敦公寓里，你为什么还需要一个更大的空间呢？”很难启齿，我的公寓里装满了这些年我为房地产投资组合里的那个空中楼阁搜集的物品。台灯，地毯，窗帘，椅子，我在巴黎的跳蚤市场淘到的吃芝士火锅用的铜锅，床单，镜子。我伦敦的家中至少还容纳了另外三个家。当我问起他妻子纳迪娅的近况时，他只说了句：“哦，她还是非常纳迪娅。”在他看来，她仍然很幸福，但假装不幸福。这一次我问了他，为什么他觉得她是在假装。他说了什么，但说话时手一直捂着嘴巴。我告诉他我一个字也听不见，能否把刚才讲的重复一遍。显然，她假装不幸福是因为她不想承认让她幸福的人是他。为什么要这样？他觉得这会赋予他太多权力。纳迪娅热衷于假装他不是她幸福的主要源泉，以此夺回部分权力。简直是波伏瓦《筋疲力尽的女人》的主题再现。这一次我不得不承认，其实自己对这个话题很感兴趣，但我假装无所谓，就是不想赋予他太多权力。

“她不肯承认她只有和我交缠在一起才能睡着。”他一边说道，一边将手指伸进我写字台上那碗受潮的花生里。他突然呛住了，于是我使劲捶他的背，捶了三次。当他坚持要睡在客厅的床垫上时，我告诉他我更想他睡我的床。“你简直是在开玩笑，”他说，“我决不可能让你睡在硬地板上，而我却睡在你巨大的真丝宝榻上。”

第二天早晨，他宣称他睡得就像圆木上的精灵。

我们出发前往阿利格尔市集，路过一个卖非洲面具的小摊时，停下瞧了瞧。小贩求我至少买下两个面具，因为他说自己好冷，需要回非洲。我们大笑起来，但我没问他要回非洲哪里，也没告诉他我也生于非洲。一个人来自哪里这个话题通常并不是两秒钟就能说完的。它需要长篇大论，可能永远也说不完。谈及人生经历，我一般绝口不提我的非洲过往，因为就算是五分钟也说不完。

我在研究所的研究主题是“二重身”(doppel-gänger)，所以当我看到一张面具上雕刻了两颗头——这就意味着四只相同的眼睛和两张嘴，我就买下了它。他解释说这是舞蹈面具，目的是让观众感觉舞者的眼睛总是盯着自己。接着他给我看了另一张面具，上面有四只眼、两张嘴、一个鼻子，头上还雕刻了一只鸟。这是一张让人惊叹的动物形面具，我也买下了它。我要用这些流露神奇力量的面具装饰我的空巢。我知道它们所象征的心理和仪式属于我尚不了解的文化，但我们将在我的巴黎公寓里彼此久久凝视。

我由此找到了思考“二重身”的另一个路径。在我看来，在这个欧洲各地都民族主义盛行的时代，差异性令人畏惧、被妖魔化，研究相似性的恐怖特性应该很有趣。如果我们在周日早晨碰见我们的“二重身”在买一品脱牛奶，那会是怎样的情形？我的男性友人猜想，如果他在阿利格尔市集碰到另一个自己，他应该会给他一拳，把他打得失去知觉。

我们去了红男爵餐厅，在那里吃了生蚝，就着木桶酿的葡萄酒把生蚝一口送进胃里，酒相当烈。负责开生蚝的服务生有一个开壳器，为了喂饱周末蜂拥而至的食客，他得无休止地工作。嘬完他的第三杯酒和第九只生蚝后，我的男性友人大喊："法国万岁！"我简直尴尬，只好假装不是和他一起来的，可他用完美的法语告诉所有人我们十四岁就认识了。后来，我们逛了市集，买了水果、落满灰的山羊奶酪、所有当季的蘑菇和一瓶苹果白兰地。

我们一起做的事其实就是吃吃喝喝。

那晚，在我的空巢里，我们做了蘑菇蛋卷，还有沙拉、奶酪和水果。苹果白兰地口感柔和、色泽金黄，喝下后身体发热。我们很开心有彼此做伴。他似乎为自己与纳迪娅的婚姻而困惑。"她好像并不尊重我。"他说。

我问他，为什么他觉得她应该尊重他？他想了一会儿，似乎无言以对。这让我想起了我女儿一个朋友的妈妈。当时我们俩的孩子都是六岁，这位母亲告诉我，她的女儿好像不尊重她的丈夫。事实是，她丈夫控制欲极强，总是在窥探妻子的一举一动，并且难以戒掉霸凌家人带来的快感。我很想知道她为何会尊重他，而且从某个层面上说，我觉得她也在问自己这个问题。此时，我的男性友人正对我挥动手指，上面沾满了我们在市集上买的奶酪外皮上的粉屑。“你怎么样？找到伴儿了吗？还是你想和以前一样单身？”

“这个嘛，”我答道，“不用白费力气告诉我单身不适合我了。目前的我就这样过。”我开始向他说起住在三楼的女人。她八十岁了，她的男性伴侣，或者说是男性同伴，住在我们楼上。他们有时一起过夜，那样早上就能看到他出门去买可颂。

“那你为什么不也像这样过？”

“好的，我会这样过的。”我这样回答，主要是为了结束这场对话。

“有伴侣很正常，”他坚称，“正常人都渴望伴侣。”

我们都看着挂在我窗外的冷杉旁的那轮闪耀的满月。尽管天气寒冷，我们还是决定拿着盛有苹果白兰地的酒杯，搬两把椅子坐到树下。我们穿着外套坐在树枝下，沐浴着月光，听着暗处的小动物窸窸窣窣的声响。我们就热衷于这种事，而我也突然想到，在从生活中获得自己想要的东西这方面，他可比我聪明多了。

第二天，我们在蔷薇路排队买马雷区最好的炸豆丸子时，他说：“我很抱歉，昨晚说了那些关于正常人的话。”他抓着我的手，像个牛郎一样亲吻它，不过他当时正在读托尔斯泰的《战争与和平》，所以他很可能是在模仿十九世纪的俄国贵族。

“你的愚蠢真让你去哪儿都通行无阻。”我如此回答我的男性友人。

一个我们俩共同的熟人在向我们挥手。我们也向她挥手，海伦娜就这样加入了我们在排的队伍。“你好呀，海伦娜，”他说道，然后亲吻了她两边的脸颊，“我们刚刚正在讨论什么样的生活算是正常生活。我们并不是要找到一个清晰的定义，我们现在只想尝尝中东芝麻酱的滋味。”显然，我的傻蛋友人这一整天都要化身德里达了。他在雨天戴墨镜，手里的雨伞上还印着大大的酒店名。

“那么到底怎样才算正常的生活呢？”海伦娜稍显哀戚地问道。她穿着蓝色紧身短裙和运动鞋。

“我可以告诉你，”他指着我，说道，“她想要的是狂野的海上生活。她想永远穿着泳衣，沐浴在阳光里，一直光着脚丫，在户外烤石斑鱼吃。对吗？”

我不置可否地点点头。

“这样看来，海伦娜，”他说道，“她最想要的是买一处能俯瞰大海的房产，独自一人在那里生活。她的大房子里有许多房间，但全是空的。床都铺好了，但没人去睡。她有一艘小划艇，就系在她的河岸码头上，花园里种着一棵石榴树，谷仓里停着几辆自行车。她独自游泳，独自骑车，做饭、写作、睡觉也都是一个人。那就是她想要的生活。”

“她当然不想要那样的生活。”海伦娜突然插话道，仿佛我不在现场。

“不，她想要，”他对海伦娜说道，一只胳膊还搭在我肩膀上，“等到她九十岁了，她最享受的莫过于在她的大房子外面散步，抡起拐杖戳蛇。”

海伦娜棕色的杏仁眼眯成了两条缝：“所以，恕我直言，那你们为什么没能在一起?”

我们随着队伍向前挪。看到前面只有五个人了，我松了口气。我穿着新买的黑色土风芭蕾舞鞋，但完全不知道如何扮演好一个年近六十的女性角色。

“嗯，这是个好问题，”我的男性友人说道，“她只会彻夜写她的书，而且她总是拒绝和我做爱。”

海伦娜戳了戳我的胳膊：“怎么不吭声?”

一个街头艺人开始为排队的人们唱起一首罗马尼亚民谣。这是一首感伤的歌，我很遗憾自己不得不从音乐中抽身，转而加入这场对话。

“嗯，他说的都对极了。”我答道。

终于轮到了，我们买了三只塞满沙拉和芝麻酱的炸豆丸子。我们坐在教堂外的长椅上吃起了丸子。谈话转向海伦娜。“我讨厌一个人待着，”她说，“无法与人在肉体上亲密的生活是不完整的。”

我觉得她说的对，但如果情况的确如此，那该做的事就是过好不完整的人生。

“这个冬天，我需要一个爱人来温暖我，就是这样。”她对着鸽子大喊。

“这想法没错。”我的男性友人答道，显然，得知海伦娜正需要一个恋人，他激动不已。他蓝色的眼睛掠过海伦娜蓝色的胸脯，接着，他打了我手臂一拳。

“不像你，独自一人在太阳下一边抽着烟斗，一边用拐杖戳蛇。”

我告诉他我不想要蛇，更想养只猫，但我很高兴有烟斗可抽。

他大笑起来，然后他的手机响了，他便开始摸索手机。是纳迪娅的电话。

他的声音轻柔、温情。他听她说了一会儿，然后对她说了两次他爱她。

我想他说的话是发自内心的。真的，我希望他是出自真心的。

一个柏林的密友跟我谈起最近与她渐行渐远的丈夫："我不相信他曾真心为我着想。我不相信他真的在意我的幸福。我不相信他能和我相亲相爱。"这一串不相信真是莫大的悲哀。

通话结束后，海伦娜转向我们俩，大声说出悄悄话："一月、二月，以及三月的第一周，我想要一个男人，就是这样。"

我们想知道三月的第二周以及四月初怎么了。她告诉我们，她只能接受这么多的爱慕。九周对她来说已经很长了。她问我的男性友人，当妻子不在他的身边时，比如现在，他身处巴黎，他是否会想她。

“不，我从不想纳迪娅。而且我觉得她也不想我。我们俩在一起时总是剑拔弩张，我需要花很长时间才能缓过来。但我一年四季都钟爱她，从一月到十二月。”海伦娜想知道他所说的剑拔弩张是什么意思。他一边思考，一边将手机关机。“和她在一起时，我会有不安全或者说是不舒服的感觉。纳迪娅让我怕得要死，但如果我失去了她，我会伤心欲绝。”他和海伦娜开始就这个话题大聊起来，而我则在想我的柏林朋友——很快就是她的生日了。她将经历二十年以来头一次独自醒来的时刻。就在我们坐在长椅上的这一会儿，我决定自己要去柏林看她，陪她过生日。我们相识时正值各自家庭生活的动荡期，两人一边为各自的丈夫和幼子忙前忙后，一边为成为艺术家与母亲而艰难前行。我们坦诚地与对方谈论这一路来的艰辛。不知怎的，德语和英语混用，反而让我们畅所欲言起来。语言隔阂意味着我们必须选择能让对方更好懂的用词。我们都强烈渴望理解彼此迥然不同的境遇。如我的柏林好友所说，绞尽脑汁搜寻英文单词，让她和我建立起了真正的人际关系。我知道，若用母语，她不会说出这些词句，但我因此明白了她想表达什么，尽管这些词句听上去稍嫌正式。

近距离观察她在英文单词的海洋里挣扎，我学到了很多。如果我和她都因之前的婚姻和孩子而受伤，而被驯化，而变得更有“人味”，那么我们必然会错失一些东西，比如海伦娜的冒险行为，以及我男性友人正身处其中的人际关系。她把她的腿滑进他的双腿之间，此时他正将她没吃的炸豆丸子塞进自己嘴里。与此同时，我在思考我应该从巴黎的哪个机场飞去柏林。巴黎-奥利机场，还是夏尔·戴高乐机场？

那晚，我的男性友人没回空巢。后来，他告诉我那晚他和海伦娜在一起，就是那样。看来他很快就要失去纳迪娅了，而且他想失去她，想为此伤心欲绝，就是这样。他开始收拾背包，拿起雨伞，在他的夹克衫口袋里疯狂寻找护照。与此同时，他告诉我纳迪娅已经和其他人交往了一个月零六天了，但他依然爱她，所以他猜想她应该也会继续爱他。我送他到大门口，门房正在那里抽烟。当我的好友打开印着大大的酒店名的雨伞，凄苦地走下鹅卵石小道，走向地铁站时，门卫转向我，用英语说道："没下雨啊。"

海伦娜那天深夜给我打来电话。她说话的方式可爱俏皮，仿佛在用语言诱惑自己。

"没错，我们当然睡了。我们显然很来电，电可比一簇孤零零的火焰更叫人激动。至于他的妻子……"海伦娜等一辆乌拉作响的救护车开过去，"一整晚，他都在和我聊纳迪娅。相信我，'纳迪娅'这场雨把卧室里的我俩淋得透湿。"

9　生日礼物

BIRTHDAY PRESENTS

我去了卢浮宫北侧，寻找一支古董钢笔，好当作给柏林好友的生日礼物，接着又一路晃到勒蓬马歇百货公司，寻找一瓶名叫“塞浦路斯黑金”的墨水[1]。

回家路上，我还给她买了一盒无比美味的糖渍栗子和一块蝉形肥皂。那晚，电锯在我脚下的公寓里呼呼作响，还有一群游客在圣心堂的台阶上唱“我们一样住在一艘黄色潜水艇里”，而我则花了很长时间在我的空巢里为她制作卡片。所谓卡片，就是那份交通路线图，之前用来包裹我为新公寓买的第一束奇特的玫瑰，如今那

1　可可棕色、含有金粉的墨水，色彩灵感来自地中海地区的角豆。

些干枯的玫瑰花瓣已经被我用强力胶粘在了路线图上。我用黑色的毡尖笔在路线图上新加了一站，那一站就是她的名字。没错，没有人为了纪念她而专门为她打造一座桥，或一块匾额，或一尊雕像，但她有一整个以她名字命名的地铁站。不仅如此，那些花瓣意外地让我想起了埃兹拉·庞德那首意象派名诗《在地铁站里》。

我将庞德的文字写在路线图背面，给这张生日卡片签上了日期。那是她人生中最悲惨的时光，当时的她每天都被破裂婚姻招来的幽灵纠缠，但我知道阴霾终会散去。与此同时，我把钢笔、墨水、栗子和蝉形香皂分别用橙色包装纸包起来，系上艳丽的橙色缎带，然后把所有礼物连同交通路线图卡片一起放入手提袋，接着开始收拾自己的行李。虽然我年少时读的都是法语作品（翻译版），但我对这门语言几乎一窍不通，因此我得给自己留点儿时间，好在夏尔·戴高乐机场里找路。到目前为止，我只能说几个我还在翻译的保罗·艾吕雅的诗歌中的句子——我凝视的黑暗之心，窗户深处暗影浮动——可登机口 F26 在哪儿啊？

那一晚，我睡得很差。等我好不容易睡着，电话又响了——出租车已在门外等候。我立马就得赶赴机场，所以干脆裙子拉链也不拉，鞋带也不系了。离开公寓时，我收拾好了垃圾袋，准备扔到大门口的公共大垃圾桶里。下了楼，外面又冷又黑，我一路拖着行李箱，拿着装有朋友生日礼物的手提袋，还有垃圾袋。出租车司机是个不错的旅伴。他告诉我，他兄弟和父亲每周六都和“黄背心”一起游行，呼吁经济正义。在他看来，马克龙是富人的总统。他私心觉得 Lady Gaga 比马克龙好。

10　柏林

BERLIN

在机场过安检时我才猛然意识到，扔垃圾时，我顺手把装有生日礼物的手提袋一起扔进了我巴黎公寓的垃圾桶里。周日抵达柏林，这就意味着，周一我得双手空空地去庆祝朋友的生日。她家正对一堵中世纪的墙，两台工业起重机在墙的上空盘旋，直插柏林云霄。这种过去与现在并存的画面，正是我埋头创作《见证一切的男人》的漫长时间里所试图捕捉的。如瓦尔特·本雅明所言："记忆的运作让时间坍缩。"对我的好友而言，过去就是折磨。她拼尽全力要快乐起来，但她又无力屏退阴霾。她指了指长在古墙边的一棵树。那是米特区所有鸟的栖息地。下午五点左右，成群的黑鸟遮天蔽日，它们扇动着灰扑扑的参差各异的翅膀，飞到这棵树上过夜。

我满脑子都想着我之前准备的古董钢笔、黑金墨水、糖渍栗子和蝉形香皂，还有最重要的，交通路线图卡片。我暂时没对朋友提这回事。

那个周一清早，我顶着十二月刺骨的雨夹雪走向亚历山大广场的考夫霍夫百货商店。商店没开门，还要等一个小时才开。情况急转直下，雨夹雪现在已成瓢泼之势。高大的混凝土电视塔下，身穿厚重外套的人群在排队等电车，而我在凄风冷雨中还要躲避人群，继续往前走。这座电视塔建于 1962 年，旨在展现共产主义的伟大力量。世界一片灰暗，我的手指冻僵了，外套也湿透了。我在亚历山大广场找到了一间伪西班牙咖啡馆。墙面铺着白色瓷砖，奇怪的是，还有一个淋浴头从瓷砖里戳出来，就好像这里原来是浴室一样。我坐在一棵巨大的假橙树下的藤椅里，等待我的可塔朵咖啡。我在巴黎买过七大瓶上好的橙花液体皂——橙花液体马赛皂（适用于身体和手）——在拉斯帕伊大道上的一家药房以促销价买的。它的香气微妙且浓烈，为冬日带来一抹夏天的气息。我抬手摸了摸其中一颗塑料橙子。如果此刻，我能让亚历山大广场的时空坍塌，那么，我三年前在帕尔马[1]山上见过的在柑橘树丛间飞舞的蝴蝶，将飞越过雨夹雪、起重机、亚历山大广场的混凝土，停留在这棵中国制造的塑料橙树上。二十几岁时，我就住在帕尔马的那片山上，当时的记忆连同蝴蝶，一起颤抖着回来了。早年在地中海的生活简直重整了我的口味。我当时的男朋友会买来圆面包、一罐吞拿鱼、一颗西红柿、一颗青椒，然后我们就在海滩附近的角豆树下吃一顿简单的午餐。我们对彼此的欲望强烈而无止境；欲望也会让时间坍塌。我将目光转向那个从白色瓷砖中戳出来的、已不堪用的老旧淋浴头，随即又转开视线。淋浴头引发了一场不幸的时间事故，将我带回到纳粹德国的那段历

1　马略卡岛的主要城市和港口，也是西班牙巴利阿里自治区的首府。

史中。天哪，这家西班牙咖啡馆完全没能营造出地中海的氛围。尽管冰箱里还放着几罐鳀鱼，但那个淋浴头让我联想到我的亲人在奥斯威辛集中营里遭毒气屠戮。一句话在我脑海中浮现：别惊动睡觉的狗。我把它记在笔记本里。这句话很奇怪，意思是不要尝试改变，不要介入，不要惹麻烦。而在我看来，狗在睡觉的时候眼睛都睁得大大的。

过了一会儿，考夫霍夫开门了，我穿过刺骨、潮湿的路面走了进去。这次生日真是被我搞得一团糟。我买了花、烟熏三文鱼、沉甸甸的裸麦粉粗面包、柠檬和一瓶香槟。我拿着大包小包走进糟糕的天气里，听见一个街头艺人在唱："现在我看得清楚，雨已停息。"[1] 我发现他真的很幽默。

我回去的时候，我的柏林好友显然已经醒了。

---

1 出自美国歌手约翰尼·纳什（Johnny Nash）创作的歌曲《现在我能清楚看到》（*I Can See Clearly Now*）。

“我还以为你逃跑了。”她说。我们打开了香槟，此时，工业起重机已经开始在铅灰色的天空下移动。她看上去美丽而忧伤，所以为了让她更忧伤，我跟她说了古董钢笔、黑金墨水、糖渍栗子、蝉形香皂和卡片的事。我们都为她的礼物竟然沦落到进了垃圾桶里而大笑。被冷雨打湿的头发还没干，我想到应该跟她说说我的男性友人最近一次到访巴黎的事。我们聊到了伞面上印着巨大酒店名的雨伞，还有门房看见我的男性友人撑起伞时，并不理解他彼时内心的天气。“没下雨啊。”他十分不解地说道。“‘纳迪娅’这场雨让我们淋了一整晚。”诱惑者海伦娜目光如炬。我的柏林好友问我是否喜欢海伦娜。

“这个嘛，我不讨厌她。她无忧无虑，鲁莽、虚荣。她随心所欲，可欲望并不总是善的。”

我的朋友正在努力消化我说的英文单词，同时尝试理解我如何能不讨厌一个追求有妇之夫的女人。这和她自己的情况有点过于近似。

“是否接受女性的邀约完全取决于他，”我说，“这是他的选择。他就想受苦。他不想要幸福，可他总告诉我是纳迪雅不想要幸福。”

我的柏林好友坚决认为海伦娜不是个讨喜的角色，她脸上写满疑惑，就像那些电影公司的高管。她决定换个话题。

“你得给你的门房打个电话。请他把包裹从垃圾桶里拿出来。”

我真的打了电话，但他很确定垃圾已经被收走了。

“您早点儿告诉我就好了。”他在电话里大喊道。原来糖渍栗子是他最爱的甜食，要是早知道垃圾桶里有栗子，他肯定会像狐狸一样爬进去，好好享用一顿栗子早餐。

*

那晚，在东柏林的一个旧仓库里举行了我朋友的生日晚宴。主厨叫雷内。他出生在德国南部，父亲是个木匠，他的祖父将这门手艺传给了他父亲，他父亲又传给了他。但我的四周全是和他的新行当配套的工具，准确地说，除了当木匠，雷内还成了一名日料厨师——工具就是挂在钩子上的炒锅、装着奇怪菌菇的罐子、不同种类的味噌、纳豆、干豆和桶装清酒——上面都贴了标签，注明日期。这个仓库被雷内改造成了一间工作室，一个他用以谋生的空间。

他打造了一个专属于他的世界，一个可爱的世界。郁郁葱葱的花园在混凝土墙上纵向生长，遮住了墙上交错纵横的水管。他造出一个夹层，充作卧室。放在木地板上的日式床垫上铺着几何图案的日式织物。工作室中央放着一张坚固、朴素的木质长桌，今夜在桌旁围坐着众多好友。雷内一盘接一盘地端出烤鲭鱼、酸黄瓜、味噌、裹满面包屑的天妇罗大虾，以及许多其他神秘菜式，与此同时，我在和一位来自德累斯顿的艺术家聊天。小时候，他掉进过德累斯顿的河里。河水本已严重污染，他妈妈花了一个月才清理干净他皮肤和头发上的油污。他说他相信那些油还在以某种方式损伤着他的身体。有时做噩梦，他还能在梦里尝到脏油入喉的味道。事实上，精神紧张的时候，他还会闻到头发里的油污味。他分享给我一个小诀窍：如果你要生火，并且想用受潮的东西引火，那就给它裹上植物油，火很快就能烧起来。他似乎有很多围绕油展开的故事。有时甚至油就是故事主角，我觉得这没什么问题。

做了一桌子丰盛的菜，再加上做饭过程中喝了清酒，雷内满脸通红。等他终于落座，他告诉我他也有自己的房产梦。他想在日本乡下买下一整间谷仓，然后把它带回柏林。他非常喜欢他曾见过的一间谷仓的几何构造，但可不会贸然尝试复制它的稻草屋顶。那个谷仓要在日本拆解，然后在德国一块木板、一块木板地组装。没错，每一夜他都会既睡在德国，又睡在日本，两国浑然一地。

地点的变幻让我想到我童年时在约翰内斯堡[1]的家。

---

1 南非共和国第一大城市。

我们当时住在一栋低矮的平房里，房子坐落在一条栽种着蓝花楹树的路旁。我每天迎着非洲天空中的非洲太阳醒来。九岁的我并不知道我们花园里骨白色的草地将被英格兰挂着露珠的绿草地所取代。我记忆中约翰内斯堡的蓝花楹树和伦敦的黄水仙被拼贴到一起，如雷内所说，一切浑然一体。等我去开普敦看望我的老父亲时，我会给这幅拼贴画再加上点儿新东西：桌山的雾；海角[1]城市沙滩上海藻的大口呼吸；大西洋刺骨的冰冷；还有那总是在地平线处浮现的幽灵船（油轮），夜晚船上的灯光亮起，宛如童话；在波浪中翻滚的海豹；考克湾的潮汐池[2]，大西洋与印度洋在此处交汇，一如日本和德国也将在雷内的新谷仓里相融。甘地的一部分骨灰也被洒入了南非的印度洋，所以他也随着海浪在印度与非洲之间漂流。这些潮汐池长满海藻和苔藓，水深且盐度高，非洲太阳（你好，我的老友）在山边升起又落下。

---

1 开普敦一个富庶、人口密集的郊区。

2 退潮时海水在低凹处贮留形成的水坑。

在时间坍塌的记忆中，我还潜入了英国池塘的咸水中，池塘的水源自舰队河，清澈、冰凉，池塘边种着轻柔摇曳的柳树。这两地的气候系统与生态系统在我的脑海中变幻不居，永恒交流。雷内还在聊那座日本谷仓，那里以前用来储藏农具。他在德国重组谷仓时会保留原来的门、柱、梁。他拿出一支铅笔，画了个示意图，就着图解释说，屋顶将有四米高。

听他谈论自己的房地产计划的同时，我却在回想和两个女儿坐优步穿越开普敦的那个奇异下午。男司机来自撒丁岛的波萨达，但十几岁时就和父母来到了南非，那时的南非还在施行种族隔离制度。我的女儿们坐在后座，我坐副驾驶位。我们一路经过的大街小巷，许多都以为反抗种族隔离制度而斗争过的英勇男女的名字命名。

经过海伦·约瑟夫街时，我发现自己情不自禁地和司机谈起我七岁时，常常站在海伦·约瑟夫家大门口和她说话。她被软禁了，所以她只能站在她家的花园里，与我隔门相对。放学后来到她家门口，我就呼唤她的猫，我称它为黛娜，和《爱丽丝梦游仙境》里爱丽丝的猫同名。我不清楚那只气质怪异的柴郡猫是否有名字。有时，我会从甜品店给海伦带一支“甘草烟斗”（烟斗形状的甘草糖）。我大嚼自己的烟斗糖时，她会假装在抽自己的那支“烟”。烟斗管口洒满了成千上万的红色小点，模拟发出火光的效果。海伦身材高挑，满头银发，戴着眼镜。她的口音（她生于西萨塞克斯郡的米德赫斯特）在我听来英伦味十足。她看上去完全不像一名自由斗士；她这样一个满头银发的白人女性，接受过社会工作者培训，最终成为工会成员，为人权奋斗终生。作为一名虔诚的基督徒，她没有自己的孩子，但是面对所有为终结种族隔离制度而奋斗的白人和黑人家庭的孩子（他们的父母或遭监禁，或被迫流亡），她担当起了母亲一职。海伦·比阿特丽斯·约瑟夫震惊于种族隔离政权下南非黑人妇女所遭受的“双重压迫”，她联合莉莲·恩戈伊[1]，一同参与组织了1954年8月9日两万名妇女的游行，她们向比勒陀利亚进发，旨在对限制黑人妇女在自己的国家自由旅行的通行证法规[2]（pass law）发出抗议。海伦是第一个因其抗议活动而被软禁的女性，可我当时并不知道情况，我也不知道种族隔离政权的白人至上主义者曾尝试刺杀她。有时会有炸药从和大门相连的信箱里塞进去，而我放学后就是在这个大门旁和她聊天。

优步司机专注于应对混乱危险的路况。我想我的回忆让他有些不知所措，其实对我来说也是如此。经过沃尔特·西苏卢大道时，我对他说，没错，我妈妈和西苏卢是好朋友。行经开普敦的大街小巷，我不知该如何面对我个人历史中断裂的部分。等到了纳尔逊·曼德拉大道，我感觉到女儿们在踢我的椅背。

我知道我听上去像个疯子。有的伦敦游客会在坐出

1 Lilian Ngoyi（1911—1980），南非反种族隔离活动家。

2 南非于种族隔离时期所执行的一套通行制度，严格限制了黑人公民的活动。

租车经过温斯顿·丘吉尔的塑像时跟司机嘀咕："啊，没错，我的祖父和温斯顿小时候一起玩过弹球。"或许我就是这样的游客。雷内可以在日本拆解一座谷仓，然后在柏林把它组装起来，可我就没法像他那样，我不能把我在南非的过去与我在英国的现在拼接到一起。

我并没有拆掉我约翰内斯堡的家，再在英国将它组装起来。如果说幼年的我曾住在那个家，那么现在，那个家也正存在于成年的我的心中。路旁那一排蓝花楹树也没那么阴森了。小时候，我会站在它们紫色的花下，等待风吹落干瘪的豆荚，它们会在微风中发出响板一样的声音。的确，乘坐优步穿行于开普敦的那个下午的记忆，倒灌进那座柏林仓库，让时间坍塌了。如果说我是非洲、英格兰和欧洲制造的，那么优步司机就是意大利和非洲制造的，雷内则是德国制造的，但逃去了日本。

在当下的时空中，雷内正用铅笔轻敲我的肩头。他取下了厚厚的眼镜，递给我，问我能否帮他保管五分钟。他离开餐桌，回来时拿着一盘蛋奶泡芙条。大家为我过生日的朋友齐唱生日快乐歌，也为雷内奉上的日料盛宴而鼓掌欢呼。当他回到桌边找我拿眼镜时，我问他为什么一开始要取下来。他说，他想在接受众人的欢呼时看上去“帅呆了”。

我的柏林好友提醒我，很快就是我的六十岁生日了，问我有没有什么安排。我坦言自己还没想过这件事，她告诉我她计划去巴黎找我，但要先把我所有的生日礼物扔进她亚历山大广场公寓外的垃圾桶里。我们拥抱在一起，她感谢我来柏林和日本走了一趟。我没告诉她，非洲和英格兰也来凑热闹了。

11　巴黎

PARIS

在柏林的这几天，我磕磕巴巴地用德语交流。现在，为了在夏尔·戴高乐机场找一辆出租车，我又磕磕巴巴地说起了法语。司机看上去就像一个B级片里的哲人，他留着一头狂野的白发、一把长长的白胡子，穿着一件磨毛花呢外套。他的这副模样，让人很难不问他几个重大哲学问题：宇宙是真实的吗？灵魂是什么？怀疑是智慧之源吗？随着我们开下高速公路，进入城区，我逐渐认出了各个不同的街区，但说真的，我太思念家乡英国了。我的手机响了，是纳迪娅从苏黎世打来的。她问，她能在我的伦敦公寓里住一阵子吗？我告诉她，当然，房子是空的，临时门房加布里埃拉会把钥匙给她。纳迪娅没有解释她为什么想借住，而直截了当地提出了请求，对此我很欣赏。但我们都知道事情并不会那么简单。我的手机又响了起来，这次是我的男性友人。“我听说纳迪娅要借住你的伦敦公寓。”

我问他为什么要毁掉自己的生活。他开始啜泣。此时，出租车正开过巴黎三十二座桥中的一座。我们都没挂断，通话继续，同时哭泣继续。现在出租车正经过皮加勒区无穷无尽的性用品商店，安德烈·布勒东曾住在附近，约瑟芬·贝克[1]的第一家夜店也开在这一片。就在白站附近的某个地方，布勒东惹恼了马格里特的妻子（她名叫若尔热特），因为布勒东要求她取下她戴在脖子上的十字架项链。我把手机放在腿上，看向车窗外克利希大道上的红磨坊。头发和胡子花白的哲人司机问我：“你觉得我走错路了吗？刚刚是不是应该右转，而不是直行？”他的问题，比我之前想到要问他的任何一个问题都有趣多了。过了一会儿，我的男性友人问我

---

1 Josephine Baker（1906—1975），移民法国的非裔美国歌手、舞者。

是否还在通话中。我告诉他，我还在。就此而言，不论境遇好坏，家境贫富，健康与否，我和他都始终在一起。

有人把一辆破旧的橙色老式电动自行车停靠在我公寓大门边的墙上。我盯着它看了好久。电池在哪儿？齿轮在哪儿？我想念我伦敦的电动自行车、我的朋友和泳池。我把钥匙插进古老的锁里，打开了我空巢的门。死神来过，带走了我的室内植物。我喜欢我空荡荡的公寓空间。这里就像我写作间的翻版，不过更宽敞一些，我认定我的写字台放错了位置。外套都没脱，我就开始把桌子往窗边移。我为此要拿走上面所有的东西——书、电脑、打印机、笔，还有一个装着咖啡的马克杯，里面的东西都变成了黏糊糊的一团。我把桌子拖到房间另一边，找到新的插孔，插入转接插板，又把所有东西都放回桌上，除了那杯咖啡。我来到浴室，洗去手上的灰尘，然后盯着水池上方镜子里的自己。我在我的眼睛里看到了母亲的眼睛。我看见母亲也在回望着我。我是说，我可以在我的脸上、我的神情里看到她的影子，而且这是我有生以来第一次这样觉得。这不是坏事。这并不让我恐惧。比如，逝去的青春容颜。这没关系，没事。我很高兴能和她有这样的联结。我感觉我的母亲与我同在，就在巴黎的这间公寓里。我真的感觉到了。她正在这套公寓房里四处探看。

空巢的墙上有：

两面眼睛形状的金框镜子。

一张兔子面具，在它的下巴下面还有一只棕色的蛋（那是我四个月前吹制的，而后给粘在墙上，以纪念圣达菲的蛋形壁炉）。

两张密布眼睛和嘴巴的非洲舞蹈面具（与“二重身”的研究项目有关）。

一束产自普罗旺斯的干枯薰衣草（与我的房地产梦有关）。

一张皮埃尔·博纳尔[1]画作的翻拍照，画名叫《含羞草盛开的勒卡内工作室》(1938—1946)(灿烂盛开的含羞草所营造的氛围，象征着我渴望的生活)，描绘了一个黄色含羞草繁茂盛开到要流溢而出的花园。

一张灰蓝色的手相图，展示着一只手掌及其五指上的纹路 (大拇指的指尖是意志，大拇指的长度代表思想)。

一个带黄色灯罩的锻铁台灯。

客厅 / 工作室里有：

一把黄色天鹅绒扶手椅。

一张配四把椅子的桌子。

一张写字台加一把椅子。

壁炉台上有：

---

1 Pierre Bonnard (1867—1947)，法国纳比派代表画家，以色彩闻名。

一瓶绿色查特酒，加尔都西会[1]修士从1737年就开始酿制这种酒。酿制查特酒的草药包括：留兰香、茴香、百里香、当归根、鼠尾草、芳香天竺葵、柠檬草、月桂、柠檬马鞭草、香蜂花、八角茴香、丁香干花、肉豆蔻、肉豆蔻干皮、肉桂和藏红花。

卧室墙上有：

一张埃德蒙·恩格尔曼拍摄的黑白照片，画面中是弗洛伊德行医时和家人共同居住的街道：维也纳贝格加塞路19号。这条路上的鹅卵石是湿的，因为一直在下雨，一个男人（我们只能看到他的背影）正往山坡上走，他穿着厚重的外套，戴着软毡帽，弓腰行走在雨里。或许他是一个病人，要去弗洛伊德教授阁下的诊所。这张照片有一种黑暗的能量。1938年，即这张照片被拍下的年份，弗洛伊德公寓楼的外墙上挂出了一条

---

1 1084年圣布鲁诺建立的苦行、冥想的修道会。

横幅，上面写着大大的犹太人。我也曾走上维也纳的这条街，前往参观弗洛伊德博物馆。恩格尔曼写下了他拍摄这张照片时的情形：

> 犹记得1938年5月那个潮湿的早晨，走过空旷的街道，走向贝格加塞路19号时，我既兴奋又害怕。我拿着一个小手提箱，里面满满地装着我的相机、三脚架、镜头和胶片，似乎每走一步，箱子就变得愈发沉重。我相信任何看到我的人第一眼就知道我要去西格蒙德·弗洛伊德医生的诊所——我要完成的任务可不会让纳粹高兴。

母亲陪着我，我能感觉到她也正看着这张照片。她的目光遍及我空巢的每一个角落。“我想要一个房子，”我对她说，“我不想要一根栖木，我想要一个家宅。”

1958年，玛格丽特·杜拉斯以不菲的价格售出她的几部剧本，随后买下了她的家宅诺夫勒堡。她就是在那儿写下了“如一头牲畜……一天十小时”。这句话出自她的随笔集或者说思想流合集《物质生活》中的《房屋》，自从读了这篇文章，我便再也无法忘怀。

> 有些女人永远做不到——她们无法打理好她们的家，而是把家里塞得满满当当，一片狼藉，从来不会创造一个通向外部世界的窗口。她们身不由己，但就是把一切都弄得一团糟，让房子变得难以忍受，因此，孩子一满十五岁就迫不及待地逃离，我们也一样。我们逃离，是因为留给我们的唯一冒险，已被我们的母亲通关。

我的母亲就最终逃离了已由她的母亲为她打通关的冒险。这场冒险包括学习速记和打字，以及二十岁结婚。

“跑得好！”母亲还活着时，我从没对她说过这句话。

不久前，和朋友一起在南法时，我遇见了一个七十多岁的法国老妇人，她在越南的西贡长大。我问她是否认识玛格丽特·杜拉斯——杜拉斯的童年也是在西贡度过的，本来只是碰碰运气，但她回答，认识，她的母亲和玛格丽特是同学。一时间，杜拉斯仿佛突然走进了我们正在吃蒸粗麦粉、喝本地酒的厨房。我想让她坐下，给我一些逃离家与家庭的建议，这主要是因为我很喜欢她所描述的家的“外部与内部秩序”。

> 外部秩序即可见的弃家而逃，而内部秩序指与孩子有关的思想、情感阶段和绵绵不绝的感受。
>
> 我母亲所构想的房子其实就是我们的家。我觉得她不可能为一个男人或情人这么做。这项活动与男人无关。他们可以建造房子，但无法创造家。

我的母亲本已为料理家务而拼尽全力，但谁知道，我的父亲却比她更擅长营造一个温馨的家。她所关心的只有她的书。窗帘的颜色远不如阅读一本能带她飘往别处的书来得重要。要讨论对家宅的渴望，我最不可能找她，但我敢说她会对我的空巢有兴趣。

正式迈入六十岁之前的几个星期，我郁郁寡欢。我想可以说我很悲伤。我也不懂自己为何如此低落。除了做研究、写作，还有为女儿挑选大学宿舍，其他时候我就在跳蚤市场和古董商店里搜罗，为我地中海沿岸的空中楼阁收集物品。到目前为止，我找到了一副木板百叶窗、两张亚麻桌布、一个铜煎锅、六只小咖啡杯和一个长嘴锡质喷壶。我搜集这一切都是为了那个平行时空里的生活，或者说一个还未实现的生活，一个等待我去创造的生活。在某种意义上，这些物品就像一部小说的原始草稿。

*

我正在思考存在，以及存在的终极是什么。我活得怎么样？由谁来评判？我曾度过的快乐岁月足够多吗？我曾拥有过的爱与柔情足够多吗？我写的书，我的作品，是否足够好？世间一切的意义是什么？我是否和他人建立了足够深的联结？独居的我真的快乐吗？为何我如此执着于幻想各色遥不可及的房屋？我为什么还在寻找一个消失的女性角色？如果我无法在现实生活中寻找到她，为何不在纸上创造出她？看啊，那就是她，以天资操纵着她的高头大马，确保自己不会撞到其他正努力寻找自己那匹高头大马的女孩和女人。她是否会一把将她们抱起，与她们共骑高头大马？她们是否会把她掀翻在地，夺过缰绳？这样的场景感觉真实吗？我希望如此。我以五字打头的年岁充满了改变与动荡、活力与激情。这段岁月满含对自我的尊重，或许还有一点儿归乡的意味。原来你在这儿！这些年你都去哪儿了？

巴黎的冬日真的来临了。我下了地铁，往出口走去，一股冷风从塞纳河上吹来，吹掉了我用来固定高髻的发夹。我得找一只更牢靠的夹子。或者，我应该任由头发卷着，不扎头发试试看。在公寓里连续写作好几天后，突然我发现双手不太对劲。即使暖气已经开到最大，但手还是冷得不行，手指都冻僵了。身体就是热不起来，而且最糟的是，我所在的这个区的泳池要关闭维修了。

有一个同事知道我郁郁寡欢。她打算带我出去吃一顿，条件是我要尝尝以前从没吃过的东西。我们约好了时间。两天后，我们坐在阿贝斯街上的一家咖啡馆里，而我生平第一次撬开了一颗海胆。那感觉就像在吃外星生物的生殖器。但也很奇怪，它仿佛给我注入了生命力，我甚至开始享受起严酷的冬天，以及凛冽的寒风刮在脸上的感觉。笼罩着我的阴霾正在消散。我并不确定这是否全是海胆的功劳，但我确实在海里会感受到自己最鲜活的生命力。

发生了一件不可思议的事。我的另一位同事埃梅卡·奥布是一名来自拉各斯[1]的视觉艺术家，也是一名DJ。他为我的生日想到一个他自认为很妙的主意：我邀请一些朋友到锡伦西奥夜店蹦迪，趁着他不久后去那里做一场演出的时候。锡伦西奥夜店是一个半私人的俱乐部，为表演者和艺术家提供会面和交流灵感的空间。每个房间都由大卫·林奇设计，林奇是对我的小说创作启发最大的几位导演之一。我接受了埃梅卡的提议，开始整理宾客名单。

*

我的女儿们难以相信她们的妈妈竟然酷到要在锡伦西奥开派对。她们在我生日前夜抵达巴黎，给我带来的礼物是一台冰激凌机。时下设计最先进的冰激凌机。我告诉她们，从今后开始的好多年，我都要用它来搅拌冰激凌。当我听说海伦娜去了苏黎世陪伴我的男性友人

1　Lagos，尼日利亚旧都和最大港市。

时，我决定将他们二人剔除出我的宾客名单，改为邀请纳迪娅。尽管如此，他听说我收到了一台冰激凌机，还是托一位朋友运来一箱番石榴，经由门房，送到了我的空巢。

“没错，”我告诉女儿们，“我要完美复制出我在印度吃过的番石榴冰激凌。”每次看着她们，我都为她们的美丽而沉迷。当我把内心感受告诉两个女儿时，老大说道：“说实在的，我觉得番石榴挺丑的。”我答道：“不，不是番石榴，我说美的是你们。”她们俩一致认为所有母亲都觉得自己的孩子漂亮，还跟我说了香蕉树的近况。

或许，我根本还没有踏上死亡大道。我就应该在锡伦西奥的氛围中迎接我的六十岁。它的设计风格神秘、绚丽，仿佛一个隐于闹市的昏暗的内心世界，而且此地也是电影史的一部分。这里甚至还有吸烟室，人们可以在此吞云吐雾的房间特意被设计成镜子丛林。这里还有隐秘角落供人们交流，以及舞池本身带来的肾上腺素飙升的刺激感。埃梅卡的曲目让我们沉醉，让我们疯狂。我不时看向舞台上的他，他戴着头戴式耳机，双手在空中挥舞，我们也高举双手。他赋予我们活力，征服了整个房间。

凌晨四点，塞纳河畔，我们躁动的心慢慢平复。我很想脱掉被汗湿透的衣服，一头扎进河里，但纳迪娅告诉我："别啊，连脚都不要放进去，塞纳河有事要做。她正奔向英吉利海峡，会在勒阿弗尔[1]汇入大海。"我不确定她实际想说什么，有可能她是在说自己。纳迪娅要奔离她的丈夫。没错，我的男性友人正竭尽全力甩掉他的第三任妻子，而她也正打算在勒阿弗尔或随便什么地方重返自由。

正式成为一个六十岁的女性角色，这让人有些晕眩。或许"角色"就意味着不做自己。如果一个人在人生的某个阶段被形容为"是个角色"，那大概就是这个意思吧。

---

1 Le Havre，法国北部港口，位于英吉利海峡塞纳河河口附近，是地中海沿岸最大的港口。

冬去春来，我发现自己非常想念英格兰和爱尔兰的朋友。我想念家附近公园里的树木、植物和花朵，想重拾那份能说自己所理解的语言的尊严。与此同时，随着英国脱欧愈演愈烈，我开始思考离开英国、去其他地方生活的代价是几何。

我重读了米兰·昆德拉的《笑忘录》，开始理解他从布拉格流亡到巴黎这件事的分量，他需要付出巨大努力学习另一门语言，洗澡时都得用那门语言进行**思考**。昆德拉承认自己是法国人。他称自己为法国-捷克小说家。再次意识到我也是众多从自己的母国长途跋涉到他乡的作家中的一员，我备感震惊。

二三月间，花店里充溢着炫目的黄色含羞草，柔软似羽毛，馥郁芬芳。它甜苦、淡雅的香气令我沉醉。含羞草是一种含蓄、神秘、魅惑的花，我试图把它加入我那座空中楼阁庭院的树林中。事实上，我的空中花园开始变得像皮埃尔·博纳尔所描绘的南法勒卡内的真实花园了。这勾起了我的兴趣，因为皮埃尔·博纳尔所画的丰饶而性感的含羞草，很可能潜藏着画家自己的诸多欲念与渴望。春日，穿着我的运动鞋（我已经把土风舞鞋扔了）漫步在卢森堡花园里，我在想我和皮埃尔·博纳尔共同渴望的是什么。巴黎人坐在草坪外的绿椅子上，视草坪为禁地，而羽毛光亮的鸽子却可以在橘园美术馆的环形草坪上自由踱步。或许格特鲁德·斯泰因写下“草地上的鸽子啊”时，所指的就是眼前这番景象。

走出通往美第奇街的大门时，我听见一个女人在叫我的名字，我一下没认出她来。

海伦娜在向我招手，但我没有回应，因为我不确定那是她。当她快速向我跑来时，我才发现她把棕色头发剪短，染成了金色。她的新造型让我想起了一个我认识的人，一个来自过去的人，但我想不起那个女人是谁。纳迪娅留着一头黑亮的长发，所以可能海伦娜是想强调自己和新情人的妻子并不相同。

我很尴尬，因为我没邀请她参加我的生日派对。我们各买了一个两种口味混搭的冰激凌甜筒，百香果和大黄，覆盆子和芒果，然后拿着开始融化的甜筒，安静地站着，看着来往的车流、游客和骑自行车的人。最后，我打破了沉默。

“嘿，海伦娜，”我说，“你不会想成为他的第四任妻子的。”

她神色似乎有些躲闪，还脸红了：“你怎么知道我想要什么？”

我觉得她说得没错。她微笑时，我才第一次察觉到她有多美，而且新发型让她变得愈加俏皮、性感。我喜欢她遣词造句的方式。

“你知道，”她说，“有时候你必须不带降落伞就跳机。这就是我的选择。我渴望轻盈、自由。我不想戴头盔。我做我自己的指挥官。”她舔了舔甜筒，舌尖粉粉的，如蛇一般。

1969年，乔治·佩雷克写了一本小说，省去了全书中的字母e。英文书名是*A Void*（《空》），法文书名是*La Disparition*（《消失》）。

去掉e，海伦娜的名字就由Helena变成了Hlna。

“我陷入了爱情。”她说。

她陷入了lov。

她不带降落伞就一头扎进了lov里。

海伦娜问我想不想当晚和她一起看场电影。

爱人（lovr）不在身边，她很孤独（lonly）。我说我要去听格洛丽亚·斯泰纳姆[1]的演讲，并问她想不想去。

海伦娜说，不了，所有女性主义者都过度饮食，以至于她们都没精力做爱了。

海伦娜真的很难让人喜欢，但那并不会让我觉得她无趣。

---

1 Gloria Steinem，美国女权主义者、记者、社会活动家，是20世纪60年代后期和70年代妇女解放运动的代表人物。

*

演讲举办地是莫娜·俾斯麦美国中心。场馆外的女人们已经排起了长队，埃菲尔铁塔就在我们右边。从近处看，我才第一次发现铁塔的几何结构之美。当斯泰纳姆登上演讲台时，全体观众自发起立鼓掌。八十六岁的她依然系着搭扣巨大的宽皮带，就挂在她的水蛇臀上方。她从容地接受了众人的掌声，没有假装谦卑，但也没有流露出傲慢。她很久之前就坦白告诉了我们真相那令人不快的一面：

真相是会让你自由，但首先，它会让你抓狂。

斯泰纳姆回忆起当年男人会问她，她之所以能收获如此多媒体关注，是不是因为她的美貌。她记得观众席中有个女人替她回答了这个问题："我们要的是一个会玩这场游戏并且能赢的人站出来告诉大家，这游戏就是一坨狗屎。”

我在巴黎的研究员工作即将结束，正如我男性友人的婚姻。拆除枝繁叶茂的蒙马特尔区的空巢，让我想起我拆除过的其他所有家。我的上唇发颤，下唇也在抖，但我必须这么做。

门房来清点物品，过后我才能拿回押金。他坐下，挥动着圆珠笔大声说道：“一口锅、两把刀、两把叉子、两把勺子、两个盘子。”我留下了三口锅、六副刀叉、六只盘子、八只红酒杯、一把水壶、四把椅子、一张黄色天鹅绒扶手椅和两面金框镜。他都知道，但不在乎，他只需要在他的清单上打钩，而我也一样。我们握了握手，祝福彼此安好。当晚，我做了个梦，梦到我在巴黎买了一栋大宅，一个叫格雷戈里奥的人也住在那儿。我把这个梦写了出来，交给莎士比亚书店的店主西尔维娅·惠特曼，她正在为《港口》杂志编辑一系列关于在巴黎生活居住的故事。我给它取名为《18区》，因为我就住在巴黎18区。

12 18区

THE 18TH

我和前男友在巴黎买了一栋大宅。一座摇摇欲坠的宅邸。数不胜数的房间，我还没来得及一一看过。后来我发现房子自带一个泳池。格雷戈里奥和他的妻子也住在这里。一天晚上，我穿着一条露背真丝裙，也知道格雷戈里奥正一边看着我的背，一边准备宴会用的海胆。我问他海胆是否新鲜，他说："这取决于我们在什么时间点吃。"格雷戈里奥确信这些海胆他是在阿贝斯路上买的。确实，我的宅邸或许就坐落在那附近的某个地方。我们听得到圣心堂的钟声。

早先，我们看着游客在吉拉尔东路附近的达琳达雕像四周聚集。其中一些人伸手摸她的乳房，因为导游说这样会带来好运。我盯着达琳达的黄铜双眼，她也凝视着我。“我们玩得多开心啊？”她无声地向我说道，此时，我正走上山坡，走向我巨大的新房子。

还有其他人来到这栋房子与我们同住，大多是帅气的男性文人。我后来发现，其中一位是捷克诗人。早晨，他穿过三兄弟街去买牛角包。但等回到宅邸，他忧伤地告诉我们面包房周二闭店。我们没有早餐可吃，也没有牛奶来配咖啡。格雷戈里奥主动提出由他去迪弗勒努瓦烤肉店买些鸡肉土豆。我说我可以陪他去，但他的妻子指出，没人早餐吃烤鸡肉土豆。

此时或许是春天，因为勒皮克街的花店里全是含羞草，如粉如雾的黄色花朵。有一个男人在阿贝斯地铁站附近卖水仙花束，五欧元三支。他必然是在慌忙中摘下了它们，或许就是在哪个公园里摘的。花枝长短不一，其中一些太短，都没法放在花瓶里。他的兄弟在卖栗子。他将一只锡铁罐放在钢质购物车里，然后就在罐子里烘烤栗子。栗子烤好后，他就把它们装进用交通路线图（黄色的那条，起始站为蓬图瓦兹的C1线就在左上角）裹成的锥形筒里。

我到巴黎火车北站接上朋友基亚马，带她去参观我的宅子。我们从圣但尼市郊路绕行，就为了去吃一个印度小贩卖的贝尔普里，他的小摊就支在人行道上，对面是一家卖手机的商店。"每个人都需要打电话回家。"印度小贩一边往贝尔普里上倒罗望子酱，一边说道。

基亚马似乎并不喜欢我的大宅。"难以置信，你搬进这个破破烂烂的地方，就为了靠近格雷戈里奥，"她说道，"而且为什么正门永远大开着？"我盯着已显暗淡但依旧微微发光的粉色泥墙。会客室金碧辉煌，宽大的大理石地板上铺着许多破旧的波斯地毯。我抬起头，看见一个小阁楼，里面的书架上还放着书，我很疑惑，为什么自己之前没注意到它。

格雷戈里奥说，显然，那个地方可以用做我的书房。接着，他引用了一句阿波利奈尔的诗：“如此温柔的雨，如此轻缓的雨。”

终于找到家中的泳池时，我大声呼唤基亚马，让她快来欣赏。她兴致缺缺，反而问我住在房子里的其他人付不付房租。我说不付。我们都踏入了泳池。基亚马站在齐腰深的水里。我屏息等着她游泳。她却在泳池边沿徘徊，透过玻璃窗望向花园——也可以称之为“庭院”。一瞬间，我注意到无花果树需要浇水。基亚马告诉我，和我们同住的人应该付房租，否则我会破产。

随后，我和前男友一起散步，住在大宅里的人全都跟在后面。我们沿着拉马克—科兰谷地铁线路，往达琳达雕像附近的台阶处走去。我们人人亲密无间、相亲相爱。我知道这样的生活方式更好，不会孤单，和我心爱的前男友及其他人住在一栋大宅里——尤其还伴着因格雷戈里奥的存在而生的情欲冲击。

我对前男友耳语道："基亚马说我们必须让其他住客付房租，否则我们会破产。"我听见跟在我们身后的人——大多是相当英俊的男性文人——嘟囔着"是的，是的"，但感觉底气不足。捷克诗人在他的扣眼里穿了一串含羞草。其中一些文人在摸达琳达的乳房。"回你的大宅去，"她向我密语，"我过去也有一座豪宅在这附近。若你在你的花园里见到一只黑猫，那必是我的猫。"

基亚马（被达琳达的黄铜眼注视着）严厉正告我，我应该保护自己的庭院不受偷猎者侵扰。显然，最好安装一扇有密码的大门。全巴黎的公寓和宅邸的大小门扉都要输入密码才能进入。

*

基亚马一语击碎了我的梦。我发现自己其实不曾拥有豪宅，这让我心碎不已，像被剜了肉般感到阵阵生疼。我清醒地躺着，试图夺回我的房产，但无论如何努力，我都没法再打开我庭院大门的密码，也没法去浇灌干涸的土地。

过了一会儿，我才意识到所有不付房租的文人其实就是我的前男友。谢天谢地，格雷戈里奥曾注视过我的背。我并非没有注意到大宅破烂不堪，无花果树几近枯死，大门永远敞开，波斯地毯正在朽坏，但我仍然为这处宅邸如此宏大而感到快乐，这种快乐几乎将我淹没。我这个梦想家不仅拥有了庭院，甚至还有了一座游泳池。最重要的是，我真希望自己当时认领了那间堆满书的书房。

我知道，在我梦见过那栋大宅后，我的人生即将发生某种改变。塞纳河的微风对我的头发施展了神奇的魔法。它让头发变得更柔、更野，很难用发夹固定成髻。这是我很久以来第一次任卷发披在肩膀上。巴黎有太多事物值得去体验，但我依然想找到我梦中的大宅。我期待去泳池游泳，在庭院里栽种香草和花卉，看看还没见过的房间，躺在破烂的波斯地毯上，聆听圣心堂的钟声。那间会客厅就像一种有待实现的生活，处在过去与未来之间。没错，那些我尚未一探究竟的房间就是让人振奋的生活前景。在基亚马打碎我的梦之后，我哀悼了两周。

最终，我突然想到，巴黎本身就是催情药，而非格雷戈里奥。我愉快地独居于阿波利奈尔和“黄背心”的巴黎。我在口袋里放着为地铁上的手风琴演奏者准备的硬币，还在当地找到了我中意的面包房。它并不在三兄弟街。它在我租住的一室公寓附近的小公园里，我瞥见了从法国土地里冒出头来的木槿和水仙。它们让我怀念起家乡。淋浴用不了的时候，我就会去一间土耳其浴室。管事的女人会给我一只由橄榄和橄榄油调制而成的黑色香皂。我把香皂抹遍全身，然后坐在蒸汽里，失去大宅的悲伤似乎减轻了些。稍后，那个女人会用热阿甘油按摩我的双脚。回家后，我注意到我小公寓的大门确实有密码。密码最后一个字母是V，代表Validate（确认）。

不管怎样，冰雹猛烈来袭的那天，我和基亚马在阿贝斯路上的咖啡馆见面时，我还在生她的气。我们共享一碗法式小盅蛋，一起品尝咖啡，任冰雹在人行道上蹦跳。“你摧毁了我的大宅，”我对基亚马说，“你推倒了我的房产。”但她没听我说话。这天是周日，她很开心能和我在蒙马特尔相聚，为一盅蛋“噢噢啊啊”地惊呼赞叹。

13 伦敦

LONDON

回到伦敦的当晚，我做的第一件事是擅自闯入了一场文学派对。我决定，如果有人在门口核对宾客名单，我就说自己是埃莱娜·费兰特。或者，我可以说我是莉拉，曾隐遁于世，如今为了伦敦布卢姆斯伯里的薯片和鸡尾酒短暂回归。结果看门的人是我相熟的书商。她甚至连宾客名单都没看。

“你从巴黎回来，再也不走了吗？”

我不知道该如何回答这个问题。

“希望你不走了。”她说道，“哦，对了，别碰红酒，直接去拿杜松子鸡尾酒。”

有一个男作家小有声望，但不在我所定义的重要作家之列，他灌下了太多杜松子鸡尾酒。这激发了他就地找一位女作家来施以打击的欲望。他选定了我，毫不废话，单刀直入："你会不会有时候看着镜子里的自己，想着这一切成就来得太晚，而且如此多的曝光太过庸俗，无聊透顶，让人精疲力竭？"他脚跟着地，身体后倾，等着我对他表示认同。他脸庞通红，满头是汗。他真的不该如此问候刚走进派对的埃莱娜·费兰特。关于宣传曝光，她有自己的烦恼，可她不想被别人当面逼问，她甚至还没来得及给自己拿一杯杜松子鸡尾酒。

他也真的不该如此问候可怜的、消失了的莉拉。

*

刚刚的问题是什么？

你会不会有时候看着镜子里的自己，想着这一切成就来得太晚，而且如此多的曝光太过庸俗，无聊透顶，让人精疲力竭？

确实是在我五十岁时，我的书才获得了一些主流认可，但在他看来，这在任何年龄都不该发生。鉴于他当年毕业于剑桥，我联想到的是 1897 年为了反对给予女学生获得学位的权利，那些上街游行的男大学生。这些耗费巨额教育成本培养出来的男性，竭尽全力阻止女性超越他们。他们扔鸡蛋、烟火，甚至损毁了一个骑自行车的女学生的雕像。

“难道你不觉得获取学位这件事无聊透顶、庸俗不堪，让人精疲力竭？”

没错，我确实花了很长时间才小有成就。二十四岁时，我把一张复写纸夹在纸页间，就此开始在打印机上写作。十八九岁时，我读了母亲书架上那堆落满灰尘、早至二十世纪六七十年代的文学杂志。我很喜欢读杰出的男作家的访谈，却根本没注意到书中连一篇女作家的访谈都没有。不过，我在年少时就窥见了自己人生的形状。我知道我是一名作家。那么，她，这个作家女孩/女人是谁呢？那些高端杂志上不见女性的踪影，当时的我并没有被冒犯到，但我理应为她的缺席而有所触动，这其中存在着可怕的脱节。这似乎很正常。消失是常态。被打击也是常态。

她是谁？我开始在写作所有书时提出这个问题。并非我是谁，虽然我也包含在她之中。她如何在一个将她屏蔽在外的世界里生存？出于某种原因，我从未动摇，坚守自己所认定的文学目标。在此意义上，我很把自己当回事。有时，“她把自己当回事”这句话被当作一个缺点，仿佛把自己当回事意味着她有不切实际的抱负，仿佛她就应该放松心态，大肆嘲笑一番自己的渴望。有一件事永远让我着迷，那就是总有这样一个男人，他最爱做的事就是打倒那个“把她自己当回事”的女性伴侣。还有一些女人，她们试图让其他女性在谈起自己的才能和抱负时一笑了之，通常这些女人都在奋力争取男性的认同。她们害怕失去男性同僚的尊重，而这些男人需要她们来替自己压制其他女性。如果女人很擅长完成这项任务，那么她们会永远显得可怜又可悲。

毕竟，这是个脏活儿。

说回现在，我回到了英格兰。那位红脸作家结结实实地挡了我的道。看来他还不打算罢休。对他的领地侵犯最严重的书似乎是《生活的代价》。他问了我一个他自认为和这本书相关的问题，但那不是问题。那更像谴责。

最近，我在德国黑森林南部边缘城市弗赖堡举办的一场活动上，朗读了这本书里的片段。弗赖堡之子、哲学家马丁·海德格尔的影子在这个城市随处可见，他是弗赖堡大学的校长，也是纳粹党的一员。他的学生情人是伟大的政治理论家汉娜·阿伦特。阿伦特十九岁时，与当时的导师海德格尔产生了一段恋情。时年三十六岁的导师认为，与他杰出的犹太女学生的这段罗曼史，是他人生中“最激情、最专注、最壮阔的”岁月。

观众大多就住在这个有海德格尔的幽灵出没的黑森林附近，他们有一些问题要问我。他们想知道我是如何为叙述者构建出一种独特腔调的——这个叙述者既是我，但也不完全是我。我告诉她们，我认为叙述者在生活中必得处理一些棘手的事，更不用说在书中了。她不能让自己显得过于高大或过于渺小。也就是说，她既不能为求得读者的喜爱而总是贬低自己，也不能让书中的自己显得比生活中真实的她更高大。柔弱与力量很难相调谐，但我们无不是二者的融合。我解释说，艺术家埃贡·席勒的一段话启发了我如何进行写作。

> 维也纳有阴影。这座城市是黑色的，一切都机械地进行着。我想独自待着。我想去波西米亚森林……我必须看见新事物，并深入钻研。我想品尝暗黑的水，看见噼啪作响的树和狂野的风。

一切写作皆关于看见和探索新事物。有时，写作就是在陈旧中读出新意。

另一个女人如此表述她的问题："这本书有多深入地反映了我自己的生活？"我告诉她，我现实生活中生存的压力重于我书中的刻画。就算我对轻重的安排看似反了，但我也必得如此，不然我早就被自己的人生击垮了。我不愿轻视生活，而是要阐明生活，同时投下生活的阴影，最后再点出生活的代价。

那位作家在我面前挥舞着他柔软的白手，而我在想着，*对*，*格洛丽亚·斯泰纳姆说得没错*，*真相是会让你自由*，*但首先*，*它会让你抓狂*。*一遍又一遍*。真相是，在他眼中，所有女作家都是他领地上的租客。而我想到了我女儿的朋友，那些聪慧的年轻女性，她们曾围坐在我摇摇欲坠的山顶公寓的餐桌旁。我希望她们六十岁时不必再因自己的才能和天赋而忍受他人轻佻的嘲弄。

如果说他所处的阶级和所受的教育教会他的是把自己的思想视为不朽，可那并没有教他去阅读女性或有色人种作家的作品。因此，他错过了一些世界上最重要的思想和最激动人心的形式创新。然而，他可耻的无知竟助推他一路畅行至今。在我看来，单是非裔美国作家W. E. B. 杜波伊斯的一段话就比那位红脸作家写的任何一本书都更有价值。

> 这是一种奇特的感觉，一种双重意识，一种总是透过他人的眼睛来观看自我的感觉，一种用世界的标尺来衡量自己的灵魂的感觉，而这个世界却一直带着轻蔑与怜悯在看好戏。我们能感觉到自己的双重身份——一面是美国人，一面是黑人；两个灵魂，两种思想，两种无法调和的斗争；一个黑人的身体里有两种理想在交战，而黑人唯有凭借顽强的力量苦苦支撑，才能不让自己被撕裂。
>
> ——《黑人的灵魂》(1903)

是的，身处这场派对之中，透过这个挡在我面前的男人的眼睛来看我自己，这确实是种奇特的感觉。

> 我当然害怕，因为将沉默转化为语言与行动就是在暴露自己，而这似乎总是危险重重。
>
> ——奥黛丽·洛德《局外人姐妹》(1984)

我一把推开他，走到屋外，加入了喝劣质红酒的人群。后来我才想起来，他才是这场派对的受邀宾客，而我是不请自来。

14　希腊

GREECE

在所有民族中，希腊人所构想的理想生活为最佳。

——歌德

要爬上六十三级石阶才能到达我的租屋。门前小路上立着一个石拱，上面开满了茉莉，但在八月热浪的摧折下，花已经有些蔫了。这是一栋巨大而古怪的老房子，建造在大海之上，本来是一栋十八世纪的希腊豪华庄园，当年必然是富丽堂皇。如今只有石头、木材、驴粪、尿液和唾沫在勉力支撑，让它不致倾覆。

房子有两层楼高，看上去就像上演契诃夫戏剧的舞台。顶层是一间铺着木地板、屋顶高耸的阁楼，里面有一座石砌的壁炉，角落里还堆着一架浸过水的旧钢琴。琴盖上放着一架黄铜望远镜、一台时钟（时钟里优雅的指针永恒指向四点钟）和一张古老的雕刻棋盘（所有棋子都整齐摆放在方格上）。

这个阁楼让我想到了谷仓；可能雷内的日本谷仓就是这样，于是我拍下照片发给了他。阁楼前后都有门，两扇门外各有一个宽阔的石砌平台，一个面向大海，一个面向群山。楼下的大厨房又冷又暗，木制屋顶上吊着许多篮子。我被告知要把面包（还有当地的橙子蜂蜜蛋糕）放进这些篮子里，这样蚂蚁就吃不到了。

两张古朴的铜质擦菜板挂在墙上的一颗钉子上。它们看上去像是武器。或许女神雅典娜降生时就两手各拿着这样一张擦菜板。传说雅典娜诞生自宙斯的大脑。故事是这样的，她的父亲宙斯吞下了她的母亲。真正地吃掉了她。可能就是在这个厨房里。他们的女儿雅典娜从他的头颅中一跃而出，虽然还是个小女孩，她诞生时却已全副武装，时刻准备投入战斗。这就是为雅典娜所写的父权制剧本。这样的出生太可悲：全副武装，准备战斗。客厅也是用石头建造的，还有三间卧室也是，不过它们高高的天花板是用木材做的，所有房间都凉爽且宽敞，瓷砖地板上铺着破旧的基里姆地毯[1]。楼下的露台被一棵高大的松树掩映，树下还有一张桌子和一条长凳，也由石头雕琢而成。往下走十二级台阶，就来到了荒废的花园。枯死的葡萄藤上，葡萄仍在生长。两棵橄榄树的状况好些，还有各种我不认识的植物也在顽强地活着。

屋后是一个小农场。每天一大早我都会被公鸡叫醒，然后七点三十分，蝉开始引吭高歌，稍后它们会休息一个小时，再一口气唱到晚上九点。显然鸣叫的蝉都是雄性。它们在呼唤缄默的母蝉。由此可说，它们无尽的歌谣唱出的全是欲望。它们太过性饥渴，以至于任自己的歌声盖过了一切鸟鸣。如果真如莱昂纳德·科恩所

1 土耳其、库尔德斯坦及邻近地区生产的平织地毯。

说，在伊兹拉岛某处，有鸟儿在电线上歌唱[1]，那我也无法在八月听见它们的声音。隔壁房子的阳台上住着三只狗，都是蓝眼睛，一身狼似的灰毛。每当有人走上那六十三级石阶（台阶上总有驴粪，还有石墙后的橄榄树上掉下来的橄榄），它们就会嚎叫。夜晚，我能听见水上出租车驶过大海的声音。

*

漫长的夏日里，我在这栋房子中生活、写作。第三周的时候，我注意到浴室外的墙上有一个洞。我戳了一根手指进去，沙子就开始从开裂的灰泥墙中流出。沙质细腻。沙子不断涌出，直到我脚边堆起一小片沙滩。匀速流动的沙像一个沙漏计时器，只不过上面没有时间。过了一会儿，我都开始想是否整栋房子都将瓦解，化归为原始的尘埃，慢慢将我淹没。

---

1 二十六岁的科恩在伊兹拉岛买下了一栋房子，他初来时，这座原始的岛屿还没有电，也没有电线，唯一的交通工具是毛驴。科恩有一首歌即名为《电线上的小鸟》（*Bird on the Wire*）。

最后，我不再理会无尽涌流的细沙，出门游泳去了，顺便从海滨小路边生长的树上摘了两颗无花果做早餐。游泳时，我一直想着这栋房子的架构会如何瓦解。我想这栋房子是否就如博尔赫斯的《沙之书》一般，无始无终。等我回去，我的笔记本电脑和护照会不会已经被沙掩埋了？我对此仍有几分相信。

我并没有如谚语所说的那样，将头埋进沙里，以此逃避现状，或假装某事不存在，而是潜入了大海。游泳时我想到了鸵鸟，人们以为它们把头埋进了沙里，其实它们是在掩埋自己的蛋，用喙为沙土里的蛋翻身。原来我所渴望的蛋形壁炉也是一种生命的形式，一个承载生命的结构，会被埋在沙或类似的东西里。还有那些在沙滩上挖洞筑巢的沙蟹呢？当潮水抹去它们的家，它们只得再建一个。我们都是地球上的租客，而地球只是我们临时的家。盯着脚下一群游来游去的神奇小剑鱼，我意识到自己这是被墙中涌出的沙吓到了。是否真如马克思所说，一切有形之物都将烟消云散？至少那群健壮的小剑鱼还摆着尾巴，在大海里飞速游动。当我爬上六十三级台阶，看到房子还立在原地时，我松了一大口气。

岛上的夜酷热难耐。情侣们在明亮的月光下牵手漫步。当然，我知道莱昂纳德·科恩年轻时曾在伊兹拉岛上住过一段时间，这座岛还因他而有了一种别样的氛围，因为他正是在此地与玛丽安娜永别的。凌晨两点，我才结束与朋友的晚餐，往家走去。我爬上通向我的房子的台阶，路过几只在灼热的石墙上睡觉的猫。燧石和毛皮同时被星星点亮，这些石头仿佛和猫一样在呼吸，一样拥有灵魂和生命。

我突然想再听一遍那首歌。有生以来，这首歌我播放过大概一千次，但那晚我仿佛是第一次听。大概是满六十岁之后，我就再没听过。我十三岁时第一次听那首著名的道别曲，那时的我还涂着磨砂质感的红色眼影，模仿“魔力齐吉”时期的鲍伊。那时的我想的并不是对爱说再见，而是对爱说你好。从十三岁到六十岁的漫长时光里，我说了好几回再见。从何处开始？到何处结束？我可以任选一个岁月的节点说再见。再见，和我在一起二十三年的丈夫。那是场不可避免的痛苦告别，但鉴于我们有孩子，那绝不是最后的告别。我们都同意要共同参与孩子的生活，但要分开过各自的人生。再见，我的母亲。我没有真的说出“再见”。我不想吓到她，所以我握着她的右脚，轻轻捏了捏。再见，二十四岁时我人生的第一场正式爱恋。那可能是我的第一段真爱。他的眼睛。他的嘴唇。他的大腿。他的皮肤。一切的核心是我们的嘴唇紧密相贴。那次再见是一场心碎。一个破洞，一条裂缝，一处伤口。我学到了残酷的第一课：深切的爱可能无法长久。所有那些我对爱我的人扔出的如炸弹一般的再见。轰！有一个再见让我追悔莫及。或许我不该说“再见”，而该换个说法。那是我与父亲的道别。纳尔逊·曼德拉获释，第一次民主选举开始后，他从英国回到南非生活。不知怎的，父亲叫我不要想他。我不知道我该如何办到，但他九十一岁高龄时，我每天都在思念他，我告诉他我对他唯一的要求就是永生。他答应尽力而为。我注意到老年的他变得更加感性，WhatsApp 上他发的每一条信息都以充满爱意的文字结尾。我的父亲很善于判断水果是否成熟，所以每次买香瓜或芒果，我都会给伦敦杂货店摆出的水果拍一张照，然后发给在非洲的他，问他我该选哪一个。他会研究照片，而后立即——十五秒后——回复："左边第二排那颗瓜。"

他总是对的。

我甚至无法想象要如何对他说出最后的告别。每次想到，我的大脑都会停滞，所以还是继续聊芒果和香瓜吧。

还有与友情的痛苦告别呢？那些朋友还活得很好，但不知怎的，联系我们的纽带已彻底断裂。根据我的经验，那种断裂是因为我们无法再并肩前行了，或者只是因为曾使我们亲密的感情淡去了。

莱昂纳德和玛丽安娜如今都已故去。科恩自己在病中为弥留之际的她写下了那封伟大的信，他在信中写道，他怀疑自己也会很快随她而去。他写道，如果她伸出手，她就能摸到他的手，他祝她一路走好，他永远爱她。老年的科恩历经漫长岁月才写得出那样一封信。那或许是他写过的最好的作品，其实是献给自己那神秘、私人的过去的。在我看来，通往那封信的旅程，是不论处于人生的任何时刻，都该踏上的重大旅程。他没有关上门，他留了一条缝，如此，他们便能穿过门，走向他们的死亡，虽然是分开前行，但两人始终同在。那一晚，在希腊的酷热里，我被蚊子和回忆吞噬，我一直在想我一生中关上的每一扇门，以及我要如何才能让这些门保持半开。

> 如果一个人要讲述所有他关上过或打开过的门，以及所有他想要重新打开的门，那么他就得讲述自己一生的故事。
>
> ——加斯东·巴什拉《空间的诗学》

*

第二天，我用黄铜咖啡壶（一个带长把手的黄铜小壶）做了希腊咖啡，还把厨房天花板上吊着的篮子拽了一个下来。篮子里藏着一块著名的橙子蜂蜜蛋糕。一只蚂蚁都看不到。我在花园里散步时聒噪的蝉还是一如既往地疯狂。这里的土地干燥、多石，植物濒临枯萎，树上还有寄生的昆虫，这一切都是我不熟悉的。我感觉自己像闯入花园的陌生人。我来自另一种完全不同的生态环境。

过了一会儿，我锁上房门，走下三十六级石阶，去帮一个朋友整理她过世的演员父亲的照片。他和第二任妻子在岛上度过了人生的最后几年。我和好友在后院摘葡萄。九颗多刺的梨泡在院子里的水桶中。这里的生态也全然不同于他和我好友的母亲（第一任妻子）共同生活过的英格兰，那里有藤本月季和春日的水仙。我知道他满脑子都是莎士比亚，但在他人生的最后几年，与他相伴的是在海边干枯的金色山丘上吃草的山羊和骡子。

> 我应否将你比作夏日？
>
> 你比夏日更可爱、温婉：
>
> 狂风必将摧折五月挚爱的花蕊

被狂风摧折的不再是五月挚爱的花蕊，而是其他的花。

我的好友惊喜地找到了他父亲的一张摄于1954年的照片，看穿着打扮，他就像在英格兰的某个舞台上又唱又跳的水手三人组中的一员。后来，纳迪娅给我打电话时，我告诉她："谁不想要一个穿着水手服、能歌善舞的父亲呢？"纳迪娅很崩溃，她的丈夫在和海伦娜谈情说爱。而她选择那个新男人，显然也只是为了向丈夫示威。

"听着，纳迪娅，"我告诉她，"不要违心地说再见。”而后我解释说我得赶去参加一场紧急会议。

我要和一个希腊电影制片人在弗里霍斯海滩的一个小酒馆会面，从我住的卡米尼海滩沿着海滨路走过去要走二十分钟。在令人窒息的热浪中，我们在桌边落座，她点了一瓶茴香烈酒和一桶冰。我想象中的与电影公司高管的会面差不多就是这样。她甚至喜欢我的鞋。在我摇身变为穿土风芭蕾舞鞋的巴黎女郎的几年前，我买下了一双由帆布和皮革两种材质手工制作的棕色布洛克鞋，它们原本摆放在东伦敦一家修鞋店的橱窗里。**那是我必须拥有的东西**。我进店询问这双鞋，得知鞋恰好就是我的尺码，价格也从三百英镑降到了三十八英镑。补鞋匠吹了吹鞋盒上的灰，接着用一把小钢丝刷刷了刷鞋。那皮革，那帆布，以及那定制设计所呈现出的整体氛围，都与我的审美形成了共振。它们散发出一种闲适、自由和优雅的淡漠感，它们既非男性化亦非女性化，适用于任何场合，尤其适用于你需要勇气之时，比如与一位顶级电影公司的制片人的会面。服务员送来了一盒香烟，还有一桶冰——之前那桶融化了。我们没聊主角和配角，也没讨论这些角色是否讨喜。我们谈论起我们的生活、面对的问题，以及各自国家的政治氛围。又上了一盘沙拉，一只肉末茄盒，一碗蚕豆泥。这位电影制片人神态坚毅、气场十足，长发垂落腰间。我在听她讲一件她觉得很有趣的逸事。我被故事吸引了。那是一个沉迷于酒精、毒品、滥交的右翼女性的故事。电影制片人想弄清楚这个女人是怎么变成法西斯的，她为什么会变成这样。她建议我们给她安插一个与她的政治观点存在分歧的青春期女儿。我喜欢她说我们。刚上来的冰正在融化。当海上出租车从海岸边一掠而过，将她送往即将返回雅典的“飞猫号”时，我已经有点儿中暑了。

我第二场约会的对象是大海。我从一块岩石上跳入爱琴海巨大的蓝色怀抱中，绝无理由能让我离开，让我与这里说再见或再会。我想在它的怀抱里游泳，任猛烈的阳光落在我肩膀上，直到永远。当我终于同意暂时与它分开时，我发现岩石上没有落脚之处，我无法光脚踩着石头爬上岸。每一块岩石上都粘着带刺的海胆。我始终难以相信这些家伙的表亲竟然是海星。我向坐在岩石上的一个德国年轻人大喊，问他是否能把他的橡胶潜水鞋扔给我。他看出我身陷困境，欣然伸出了援手。我穿上鞋，在水里行走，成功避开了浑身是刺的海胆。等终于踏上了干燥的大地后，我穿上裙子，系好布洛克鞋；途经湿滑的岩石时，我摔倒了，右手肘着地。鞋底是皮质的，而岩石是潮湿的。

后来，我悲痛地看着手肘和肩膀上显现出的淤青，思考着该如何处理。它们需要稍加处理，但我一向不拘小节，根本懒得去想。我在码头漫步，寻找药房。终于在码头后面的一条路上找到了药店，我走进去（穿着我的布洛克鞋），买了一种含有山金车酊的奇怪药油。它闻起来苦苦的，仿佛确有其效。那一天剩下的部分时间，我都在给手肘涂抹这种药油，以及寻找一双能够躲避海胆的潜水鞋，和另一双更适合攀爬伊兹拉岛那密集台阶的鞋。它们都比不上我的布洛克鞋，但我之前并没意识到我的“漫游者鞋”是为城市设计的，它的鞋底并不适合希腊的岛屿。

詹姆斯·乔伊斯曾对一位为他画像的艺术家打趣道：“别管我的灵魂是什么样，把领带画对了就行。”

我的领带没问题。我需要的是合适的鞋底。

我必须更呵护自己。在关顾他人几十年后，我必须更关注自己。我承认对我来说这并非易事。难在何处呢？难在真正地爱护自己。我对未来有几个模糊的规划，但现在或许需要重新审视它们了。我的迟暮之年，就是与一盘羊奶酪和西瓜一起，在阳光下昏睡。我会写电影剧本，阅读，游泳。但我手肘上的瘀伤怎么办？到目前为止，我都努力过着时常省思、四体勤劳的生活。每日的生活中人来人往，但我自己依然寂寥。写作是件不得不独自进行的事，但我也明白我得做些计划了。目前唯一的计划就是我的庄园，种着石榴树、荆树，有着鸵鸟蛋形状的壁炉，还有河，以及名叫“萝塞塔修女”的小划艇。我没有备用计划，可在生活中，你需要准备几个备用计划。我在码头喝着咖啡，只好用左手拿着咖啡杯，因为擦伤的右臂正经受着一阵阵放射性的抽痛。

有一个男人在刷洗他白色骡子的尾巴，骡子的鞍上装饰着珠子和缎带。在极端炎热的天气里，人们会支起伞为驴子遮阳，它们正等候着把游客的行李驮上山。两头骡子正在从一个钢质饮水槽中喝水。总的来说，我更喜欢用我的电动自行车来负载自己的重担。自行车没有眼睛。

*

我的男性友人来到了岛上。

“听着，”我说，“我不想知道你和海伦娜的事。”

我们分享一盘烤章鱼。味道很奇妙，但我已经不再认为把世界上最聪明的生物当作食物是什么好事了。有一只触须从我男性友人的嘴里伸了出来。章鱼可比他聪明多了。

“海伦娜和我只是闹着玩，”他说，“有时候胡闹一下也不错。你也该多胡闹胡闹。”

他开始向我讲述他最近的一个梦。肩膀的痛让我无心旁顾，一只猫爬上来，坐在我旁边，还把两只爪子放在我腿上。它眼睛闭着，但我知道它能闻到章鱼的味道，它只是在静待时机出击。

“我本来以为别人也罢了，你肯定会对我的梦感兴趣。”他气愤地说，“自从你穿着你时髦的布洛克鞋，摔倒在那块岩石上之后，你就变得既刻薄又情绪化。”

我在思考如何给那位希腊电影制片人的剧本设计一个开场。我一直在想这个剧本的暂定名——《一个女人，她的情人，她的丈夫和他母亲》。我正要让我的男性友人跟我讲讲他的母亲，可我突然意识到我认识她。毕竟，我们俩从十四岁起就是朋友了。我们俩小的时候，他的母亲留着金色短发，有点儿像个小精灵，凸显出古灵精怪的气质。她瘦瘦小小，比她儿子的女性朋友更少女，细细的腰杆上还围着一条酷炫、闪耀的蓝色漆皮皮带。我男性友人的新女友怎么就一刹那变成了她情人的母亲？服务员给我们上了几碗酸奶，上面洒着类似胡萝卜酱的东西，闻起来像天竺葵。这道菜绝对够格加入“女孩与女人”的菜单。我的男性友人还在聊他的梦。我觉得母亲和情人的双生身份比他的梦有趣多了，可我还是跟他聊起了我正在读的罗伯特·德斯诺斯[1]的一首诗。诗名恰好就是《你太常入我梦乡》。

你太常入我梦乡，以至你真实感渐失。

我的房产梦也是如此。空中楼阁的真实感渐失，不过既然它本就不真实，那或许反而是件好事。但事实上，那感觉并不好。然而，自从那无尽的沙之细流不断

1 Robert Desnos（1900—1945），法国超现实主义的重要诗人。

从租屋墙上的洞中涌出之后，我的房产梦仿佛也在缓慢但必然地走向瓦解。放弃那花园里栽种着石榴树的富丽老宅，我很痛苦，但我更想相信自己并不会因此溃散，反而像我租来的房子那样，我会屹立不倒。一只苍蝇落在胡萝卜酱上。它茫茫然，一动不动。被美味、香甜、醉人的毒药诱惑和麻痹，它似乎已因糖分而无法动弹。

或许我的房产梦就是糖，而我则是那只苍蝇？

“你的心思已经飘远了，”我的男性友人说，“我能感觉到你飘向了大海。”其实，我飘回了干燥的大地。墙上的洞是一个传送门，不是通往另一个世界，而是通往此世，而我就在这个世界里永无止境地寻找家园，仿佛家是一位难觅的爱人。

手机响起，有几条信息送达。我看了一眼。我的女儿们确定了明天到达的时间。那位希腊电影制片人想和我再约见一次，这一次约在雅典。看来，摇摇欲坠的山顶公寓的一扇窗户被风吹开，窗玻璃也碎了。

一艘小船在卡米尼海滩的港口停靠。船长走下船，将一只手提袋递给了一个男孩。袋子里装满了红鲷鱼。很快就要起风了。密史脱拉[1]强风就要来了。我要关上租屋的所有百叶窗。

“我来告诉你一件值得思量的事。”我的男性友人伸手抓住我青肿的手，深情地捏了捏。我尖叫起来，但他不管不顾地继续说道：“我和海伦娜知道如何共度一天。我不确定你是否知道如何与人共享你的一天。你明白吗，就是和他人一同享受悠闲生活。你这个人就是做不到。”

那只猫风卷残云，迅速吃完了章鱼、酸奶和胡萝卜酱。对话又转回纳迪娅。我注意到他在用过去时谈论她。

“纳迪娅美得夺魂摄魄，但又难以亲近。我曾为此着迷，但当我去巴黎看你时，那种特质不再吸引我了。”

1　法国南部主要出现于冬季的寒冷强风。

“所以你就勾搭上了海伦娜。”我高声说道。

“哦，所以你的魂又飘回来了。”他说，“纳迪娅向我传递的信息是，她认为我这种男人配不上她。她从来没有尊重过我。我的天哪，和海伦娜在一起简直太轻松了。我就是她所期待的男人，我难道不该为此而高兴？”

我懂他的意思。他可以一个女人接一个女人地换，就像他每天早晨换裤子穿那么简单。我建议，如果他的第三次婚姻触礁，他应该单身一段时间。

他看上去很惊恐。他为什么要那么做？完全没有必要。既然我们谈到了这个话题，我为什么不暂别单身一段时间？那显然对我有好处。我也明白他这番话的意思。“对了，”他说，“我们明天一起吃早餐吧。”我完全不懂他为什么要在我们吃晚餐时讨论早餐。他似乎连一个小时的独处都做不到。

我想起海伦娜在巴黎说的话。

一整晚，他都在和我聊纳迪娅。相信我，“纳迪娅”这场雨把卧室里的我俩淋得透湿。

此刻，在希腊，纳迪娅这场雨就落在他身上，在热辣的阳光下，以她对抗性的爱把他淋得透湿，这让我想到了在伦敦的雨里骑自行车经过肯辛顿花园里那座彼得·潘雕像的情景。雨也落在男孩彼得身上，他永远无法长大，不能担负成年人的重担。雕像底座环绕着黄铜做的迷你老鼠、松鼠和精灵。彼得吹着一支小号或长笛，永远被困在少年时期。我突然想起其实我的男性友人和我同岁。比他小二十岁的纳迪娅，拒绝替他扛起成年人的全部责任。她喜欢的是小男孩背后的那个成年男子，希望他可以大步跨入这个世界，未必要所向披靡，而只须有所担当，成为一个男人，有能力去爱一个女人，而不是反过来要求她永远做个女孩。不过，他的母亲就永远是个女孩。他无法打破这个循环。海伦娜比他小二十五岁。她很乐意和这个永远是少年的怪老头一起翱翔一会儿，不用降落伞，不戴头盔。她喜欢真实的他，但他不喜欢真实的自己。

现在猫正准备爬上他的大腿。

“对了，”他再次开口，“别忘了我们明天的早餐之约。”他自说自话地认定我们明天会在早晨六点时碰面。是的，他会飞到本地商店买面包和鸡蛋。他真的说的是飞。他似乎突然变成了一个早起的人，甚至是早起的飞人。

第二天清晨五点半左右，我决定在我们的“早早餐”之前去小游一会儿。我步行到我最爱的岩石处，一跃而下。这一次跳水的姿势比较特别，因为我肩膀受伤了。爱琴海是众神之海。它是神所食饮的珍馐与琼浆。温暖，但不会过热。它轻柔、甘美，我仿佛被拥入了一个既不令人窒息也不会叫人疏离的怀抱。它洗去了我因不再寄希望于永恒之爱而生的痛苦，将我与教会我游泳的母亲相连，消除了我对未来的恐惧，平复了破碎的婚姻所带给我的动荡不安，促进我灵感迸发，同时也清空了我的头脑，让我更接近生，也更靠近死。我不知道为什么，但它就是做到了。

短游变成了长游，我绕着这个小小的鹅卵石峡湾游了大概一两千米。我躺在一块岩石上休息，看看远处的橄榄树，接着抬头望天，视线越过山丘，望向骡子和驴，它们此时正在被太阳晒白的石堆四周的金色草地上吃草。一群小鸟从一个看不见的巢飞向另一个巢，新巢就在海滨小路上方无花果树的枝丫间。它们这是搬家了，还是只是在走亲访友？

我的头发慢慢被清晨的阳光晒干，我的双脚呈棕色，我的皮肤丝滑，我的身体吸饱了海水、盐和阳光。我想起我没有和我的朋友共度这一天。可能我真的不知道如何分享我的生活。我找到手机，屏幕显示有六条信息，此刻是八点半。其中两条来自我的女儿们。另外四条来自我的男性友人，他已经乘早班船去了波罗斯岛，要和海伦娜在那儿碰面。原来这就是为什么他想在六点吃早餐。

我在那块岩石上放声笑了好久。或许他在自己的口袋里藏了一支长笛，当他下船时，波罗斯岛上的小动物全都会聚集到他脚边，他则向他年轻的新情人招手，第三枚婚戒在阳光下闪闪发光。

> 你必须非常喜欢男人。非常非常喜欢。你必须非常喜欢男人，才能爱他们。否则，他们简直让人难以忍受。
>
> ——玛格丽特·杜拉斯《物质生活》(1987)

我非常喜欢我的男性友人。就是这样。

我去了港口，一边享用早餐，一边看着生锈的巨大商用驳船，它们负责将商品运上岛：洗衣机、西瓜、一袋袋面粉、一瓶瓶水。服务员的一只耳朵旁有个文身。他说他文的是Peitho，他女朋友的名字。我在杂货店买了一打橙子，然后走回家去。回到那座房子——它就像我追寻了一生的幻想家园，我给被遗忘的葡萄藤和半死不活的忍冬花丛浇了水，而永远在鸣唱欲求的蝉则在高大古老的松树间继续出声。我清扫了露台，然后用水管再冲洗一番；与此同时，我也用水井里柔软的雨水冲洗了自己。

这处房产没有一个角落属于我，我却感觉自己已是它的一部分。

我每天都在狭长的木制阁楼里写作，最终不得不承认，我无法与语言平静相处，因为我深爱着它。我问自己：什么样的爱？语言是一个建筑工地。它总是在被建造、被修缮。它会坍塌，也会被重建。

我很高兴能与我的租屋共处。在我用水管冲洗露台上的石桌石凳时，我因自己无法拥有这座房产而感到无比巨大的遗憾。这就像一次打击、一种羞辱，仿佛我就是无法让一个故事按照我的设想发展，无法在大结局时让长久怀抱的梦想如愿成真。我不得不接受自己就是不知道该如何让故事随我心意转向。我不会去找电工来维修天花板上的空调扇，也不会找泥水匠来填补墙上的洞。真那么做了，也不过像在修补一部分的自我。

虽然我与这个租屋的相遇是一次嘲弄、一场挑衅，但它让我更清晰地感受到了自己的生命活力。如果我万分渴望它的氛围和优雅，那么我没钱买下它这个事实只会进一步激发我的欲望。或许，并不是房子，而是欲望本身让我感受到了更强烈的生命活力。

> 这对我们来说可能是件好事——一直梦想着一栋我们会在以后拥有的房子，永远在以后，无限延后，以至最终，我们实际已并无时间去实现梦想。
>
> ——加斯东·巴什拉《空间的诗学》

我能听到远处的钟声。一只骡子正在爬坡。它在傍晚的热浪里背着一台冰箱前行。这让我想起了北伦敦摇摇欲坠的山顶公寓楼里那些立在阳台上的木马。它们很像画在洞穴岩壁上的远古的马。那条阴郁走廊缥缈遥远。我不知道自己是否想回去。我也并非想在这座岛上创造一种梦幻生活，完全不是，而是自从我亲手毁掉了我们共同的家以来，我第一次感觉自己不必再以日日穿过那些走廊的行动来赎罪了。

我走进厨房，找到了我在港口买的橙子。橱柜里是否有榨橙汁的小工具？我到处翻找，发现它藏在一个滤锅下。用这个原始的塑料玩意挤完十二颗橙子颇费工夫。我把橙汁倒进壶里，加入一把冰块，然后放入冰箱。我内心激动，再次走回港口，等候“飞猫号”抵达，它将载着我的女儿们来到这座岛屿。她们将爬上六十三级台阶，来到这个充满爱的临时居所。

这个初秋之夜的港口凉爽宜人。教堂的钟声响起。镇上的大新闻是面包店出了新品——甜奶酪派。驴和骡子被拴在一起，站在船边，等待负载下一趟重担。在人群中穿梭而过时，我在想我是否认为自己是一个未被书写的平凡女性角色——六十岁，正等待着女儿们乘“飞猫号”而来。

抑或我这个六十岁女性角色的设定，就是不断从头重写人生剧本？

这两种女人都是我。

那么，现在的我就是这样一个女性角色，既是无人书写的普通人，同时又在不断重写自己的人生剧本，重新写下我看重什么、拥有什么、舍弃什么、留下什么。

放过自己吧，我在港口对自己说。既要长时间工作以支付日常开销，并为一处阳光普照的房子付租金，又要小心别在哪个周二驾着高头大马跌下悬崖，这一切已经够我受的了。

真的够了。

船驶入港口的停泊处。两个男人跑上前接住缆绳，把船拴在岛上。“飞猫号”打开舱门，一股汽油味涌入温暖的夜。我向两个女儿挥手（手指上没有婚戒），我们三个人微笑着，大声打着招呼，她们同时在奋力把行李拖下舷梯。我邀请她们到我们租屋的花园里喝冰橙汁，她们却告诉我她们更想来一杯冰啤酒。但那十二颗橙子怎么办？我可是花了一个小时用那个老旧的塑料小工具挤橙汁，还要挖去橙子的核与籽。她们想要什么，不该由他人告知。那就这样。

我们在港口旁找到一间酒吧，加入了一群留着银白胡子的男人，他们在下双陆棋、掷骰子、玩念珠。邻桌有一群十几岁的小孩，他们在为彼此编头发。那个曾运送满满一袋红鲷鱼的男孩此时正在和他父亲吃希腊烤肉卷。我的女儿们一边喝着她们的啤酒（品牌名为“神话”），一边向我说着我在肖迪奇大街买的那株香蕉树的近况，而我还在思索自己所提出的那些问题的答案。

我想我最看重的是真正的人际关系和想象力。有可能两者缺一不可。花了很长时间，我才做到不再急于讨好那些并没有真正为我着想、无法与我相亲相伴的人。我拥有我所写的书，并把版税留给了两个女儿。在此意义上，我的书即我的不动产。它们不是私有财产。大门口没有恶犬或保安把守，也看不见任何警示标语；在这里，所有人都可以跳水、泼水、亲吻、失败，可以感到愤怒或害怕，可以温柔，也可以涕泗横流，可以爱上错的人，可以疯狂，可以出名，也可以在草地上嬉戏。

图书在版编目（CIP）数据

自己的房子 /（英）德博拉·利维（Deborah Levy）著；付裕译. — 长沙：湖南文艺出版社，2023.7

书名原文: Real Estate

ISBN 978-7-5726-1230-5

Ⅰ. ①自… Ⅱ. ①德… ②付… Ⅲ. ①回忆录-英国-现代 Ⅳ. ①I561.55

中国国家版本馆CIP数据核字（2023）第104507号

著作权合同登记号：18-2021-290

自己的房子

ZIJI DE FANGZI

［英］德博拉·利维 著　付裕 译

出 版 人	陈新文
出 品 人	陈　垦
出 品 方	中南出版传媒集团股份有限公司 上海浦睿文化传播有限公司 上海市静安区万航渡路888号开开广场15楼A座（200042）
责任编辑	吕苗莉
责任印制	王　磊
美术编辑	祝小慧
出版发行	湖南文艺出版社 长沙市雨花区东二环一段508 号（410014）
网　　址	www.hnwy.net
经　　销	湖南省新华书店
印　　刷	深圳市福圣印刷有限公司

开本：787mm × 1092mm　1/32　　印张：8.25　　字数：100千字
版次：2023年7月第1版　　印次：2023年7月第1次印刷
书号：ISBN 978-7-5726-1230-5　　定价：56.00元

出 品 人：陈　垦
策 划 人：普　照
监　　制：余　西
出版统筹：胡　萍
编　　辑：曹晓婕
美术编辑：祝小慧

欢迎出版合作，请邮件联系：insight@prshanghai.com
微信公众号：浦睿文化